2미터
그리고 48시간

유은실 장편소설

2미터

그리고 48시간

낮은산

차 례

프롤로그

선우랑 짝이 된 적이 있다. 유난히 가늘고 부스스한 머리카락이 두피에 성글게 박혀 있는 남자애였다. 몇몇이 선우를 '변발'이라고 놀리다가 담임선생님에게 욕을 바가지로 얻어먹었다.

- 변발이 어떤 스타일인지도 모르면서. 무식하고 못된 것들.

나 역시 변발이 어떤 스타일인지 모르는 무식한 6학년이었다. 집에 가서 변발을 검색해 보았다. 선우와는 아무런 공통점이 없었다. 선우에게 앞머리와 옆머리를 다 밀고도 모아서 땋을 머리가 있다면 문제도 아니었다.

선우를 '변발'이라고 놀리다가 '무식하고 못된 것들'이 된 몇몇은 거기서 멈추지 않았다. '아만자'라는 새 별명을 만들어 퍼뜨렸다. 선우 전화번호를 '아만자'라고 등록하더니 저희끼리 핸드폰을 보여 주고 키득거렸다.

－ 아만자, 암 환자, 아만자, 암 환자.

랩으로 만들어 부르며 선우 옆을 지나갔다. 무식하고 못된 정도가 아니었다. 보고 듣기 괴로웠다. 그래도 나는 가만히 있었다. 담임에게 알려서 걔들이 혼나 봤자 더 심한 별명으로 선우를 괴롭힐 거라고 짐작하면서, 용기 내지 못하는 나 자신을 합리화했다.

－ 내가 암 환자 같아?

어느 날 선우가 물었다.

－ 아니.

위로하려고 한 말은 아니었다. 나는 선우 같은 암 환자를 보지 못했다. 텔레비전에서 본 암 환자는 주로 모자를 쓰고 있었다.

－ 정음아, 나처럼 숱 적은 애가 안경 쓴 애들만큼 많으면 좋겠어.

선우 말은 얼핏 불특정 다수를 향한 저주 같았다. 하지만 얼굴, 목소리, 몸짓 어디에서도 악의가 느껴지지 않았다. 깊은 아픔과 어떤 진심이 마음에 와닿았다. 당황스러웠다. 우리는 데면데면한 사이였다.

성(性)이 다른 아이들은 꼭 성(姓)과 이름을 함께 불러서 거리감을 드러내는 게 불문율이었다. 선우가 나를 '정음아'라고 부르는 게 불편했다. 그렇게 깊은 감정은 가까운 동성 친구끼리 나눠야 할 것 같았다. 나는 애써 태연한 척 물었다.

 - 그렇게 많아지면?

 - 아무도 안 놀릴 거 아니야.

나는 고개를 끄덕였다. 그리고 상상했다. 나처럼 엄마 아빠가 이혼한 애가 안경 쓴 애들만큼 많아지는 세상을.

 - 정음아, 난 변발보다 아만자라는 별명이 더 싫어. 아픈 걸 가지고 놀리는 거잖아. 혹시 우리 반에 가족이 암 환자인 애가 있으면, 그 말을 듣고 얼마나 마음 아프겠냐. 난 가발 안 쓸 거야. 모자도 안 쓰고 이렇게 살 거야.

 - 아아…….

선우는 '아아'를 고개를 끄덕이는 정도로 생각했을지도 모르겠다. 나의 '아아'는 감탄사였다. 나는 선우를 존경하게 되었다. 그전에도, 그 후에도 그처럼 훌륭한 또래를 만나지 못했다. 초등학교 졸업 즈음 어느 먼 도시로 이사 간 선우를 가끔 생각한다. 지금도 가발이나 모자를 쓰지 않고 버틴다면 금세 선우를 알아볼 것 같다.

"선우야, 나처럼 눈 튀어나온 사람이…… 안경 쓴 사람만큼 많아졌으면 좋겠어."

가끔 거울 앞에서 혼잣말을 한다. 선우는 변해 버린 열여덟 살 내 얼굴을 알아보지 못할 거다. 내 눈은 붕어처럼 튀어나왔다. 난데없이 찾아든 그 병 때문이다.

1

체질이 바뀐 게 아니야, 아픈 거지

나는 '그레이브스병' 환자다. 중학교 1학년 여름에 진단을 받았다. 발병 전까지 내 인생에 특별한 건 좀 가난하고 부모가 이혼한 정도였다. 학년이 올라갈수록 부모가 이혼한 걸 별일 아닌 듯 말하는 애들이 늘어났다. 가난한 애들은 우리 동네에 숱하다. 하지만 그레이브스병 환자는 줄곧 나 혼자다. 그렇다고 희귀 병을 앓고 있는 건 아니다. 그레이브스병 때문에 생기는 '갑상선 기능 항진증'은 여자들에게 흔하다. 나처럼 어린 여자에겐 드물지만.

몸에 처음 이상이 온 건 초등학교 6학년 마지막 학기가 끝나 갈 즈음이었다. 갑자기 식욕이 늘어 밥 한 공기가 부족했다. 거의 매일 야식을 먹었다. 그런데도 살이 빠졌다.

소원 성취! 체질 바뀜

라면 먹고 자도 다음 날 살 빠짐

친구들에게 문자를 보냈다. 몇 달 만에 5킬로그램이 빠졌다. 따로 사는 아빠에게도 같은 문자를 보냈다.

정음아, 몸에 문제가 생긴 걸 수도 있다.

곧 입금되니까, 대학 병원 가서 종합 검진 받자.

아빠는 문자를 보낼 때 띄어쓰기가 정확했다. 문장부호도 빠뜨리지 않았다. '곧 입금되니까'로 시작하는 말을 즐겨 썼다.

아픈 데 없어

입금되면 종합 검진 말고 운동화

사이즈 235

나는 갖고 싶은 운동화 사진을 찾아서 보냈다.

곧 운동화 사다 줄게.
종합 검진도 받게 해 줄게.

아빠는 곧 오지 못했고, 나는 별로 실망하지 않았다. 아빠는 원래 말을 꺼내고 지키지 않는, 그러다 불쑥 나타나서 밥과 선물을 사 주고 사라지는 사람이니까.

 - 너 정말 아무 이상 없는 거야?

엄마가 자꾸 물었다.

 - 그렇다니까. 몇 번째 물어.

 - 너는 태어날 때부터 과체중이었는데…… 이제야 젖살이 빠지는 건가?

 - 똥을 하루에 두 번, 세 번씩 눠. 먹는 게 바로 나가나 봐.

나는 들떴다. 갑자기 체질이 바뀐 애로 주목받는 것도 좋았다. 그건 '학교'라는 데 들어와서 처음 받아 보는 주목이었다. 덕분에 A와 J

랑도 같이 어울려 다닐 수 있었다. 여름 교복을 한 치수 줄여서 맞췄다. 애들이 부러워했다.

- 너 살 빠지니까 목뼈랑 눈이 튀어나온 것 같다.

어느 날 A가 말했다.

- 그동안 살에 묻혀 있었나 봐.

나는 웃어넘겼다. 많이 자도 피곤했다. 계단을 조금만 올라도 숨이 찼다. 땀이 많아지고 더위를 참기 힘들었다. 신경이 곤두서고 작은 일에도 짜증이 났다. 중학생이 되어서 더 먼 학교에 다니니까, 수업이 늘고 공부할 게 많으니까, 초경을 시작했으니까 그렇다고 별일 아니라고 생각했다.

병이라는 걸 발견한 사람은 아빠였다. 곧 온다고 말해 놓고 반년 만에 운동화를 사 들고 나타난 아빠.

- 그 사이에 자랐을 것 같아서, 한 치수 큰 걸로 사 왔다.

반년 사이에 나는 키가 3센티미터쯤 자랐지만, 발은 조금도 자라지 않았다. 몸무게는 조금씩 줄어들고 있었다.

- 너 요즘 심장 두근거리고 많이 피곤하니? 혹시 화장실 자주 가지 않아?

아빠가 내 목을 만지며 물었다.

- 좀.

- 식욕은 좋은데 체중은 줄지 않았어?

- 어.

- 신경이 예민해지지 않았어? '비타민'이랑 '생로병사의 비밀'에 나온 그 병 같은데.

아빠는 자기 목을 만졌다가 동생 목을 만졌다. 그러고는 다시 내 목을 만졌다. 아빠는 텔레비전 건강 프로그램을 즐겨 보는 것 같았다. 함께 살 땐 케이블 채널 격투기에 빠져서 엄마랑 자주 싸우곤 했는데.

- 요새 눈이 좀 튀어나온 느낌 들지 않니? 그게…… 갑상선 질환인데 병명이 뭐였더라?

아빠가 고개를 갸우뚱하더니 핸드폰으로 뭔가를 검색했다. 눈을 찌푸리고 보다가 안경을 벗었다. 그새 노안이 진행된 듯 보였다.

- 목 가운데가 붓고 눈이 튀어나오는 거. 어, 갑상선 기능 항진증이구나.

- …….

– 정음아, 너 체질이 바뀐 게 아니야. 아픈 거지.

– …….

– 더 늦기 전에 병원에 가 봐.

– …….

– 아빤 돈이 없어서 데려갈 수가 없다.

아빠가 핸드폰 화면을 들여다보며 말했다. 나는 아빠 정수리를 바라보았다. 아빠가 신용 불량자라는 건 나도 알고 있다. '곧 입금'이 희망 사항일 뿐이라는 것도. 그래도 돈이 없어서 무엇을 할 수 없다는 얘기를 들은 건 처음이었다.

– 아빠, 나 아프다고?

– 어.

– 아빠, 있잖아.

– 어.

– 아빠 내 발 크기도 모르면서, 왜 그런 병은 알아?

– …….

마음속 줄 하나가 끊어진 느낌이었다. 아빠와 내가 '곧 입금' 희망 문자 놀이를 하던 때로, 내 몸에 문제가 없던 때로 돌아갈 수 없을 것 같았다.

　　염치없지만 정음이 좀 병원에 데리고 가 줘.
　　갑상선 기능 항진증 같아.

　　엄마는 아빠 문자를 받고 분통을 터뜨렸다. "양육비 한번을 주지 않던 아비가 오랜만에 나타나서 헛소리를 하고 자빠졌다."면서. 엄마는 나를 데리고 병원에 갔다. 아빠 말이 헛소리라는 걸 어서 증명해 불쾌와 불안에서 벗어나고 싶은 것 같았다. 나는 왠지 그 불쾌와 불안에서 벗어날 수 없을 것 같은 예감이 들었다.

　　가만히 누워 있어도 심장이 두근거리고 숨이 찼다. 종일 빈둥거린 날도 오래달리기를 하고 난 것처럼 힘들었다. 엄마는 동네 내과에서 나온 결과를 의심했다. 나는 C대학 병원에서 재검사를 받았다. 증상은 분명히 '갑상선 기능 항진증'이었고, 증상의 원인은 '그레이브스병'이었다.

　　- 약물치료로 낫겠죠?

　　엄마가 의사에게 물었다.

- 그러면 좋지요. 하지만…….

의사는 약물치료가 성공하지 못했을 때 쓰는 여러 치료법을 소개했다. '수술', '방사선'처럼 겁나는 단어가 나왔다.

- 우리 정음이는 완치될 겁니다. 유치원 때 선생님이 그러셨어요. 얘처럼 상처가 빨리 아무는 아이는 드물다고. 한번은 국에 데었는데 의사가 깜짝 놀랐어요. 화상이 일주일 만에 감쪽같이 나았으니까. 아마 선생님 환자 중에 우리 정음이가 제일 빨리, 가장 완벽하게 나을 겁니다.

엄마가 힘주어 말했다. 의사는 말없이 엄마 얼굴을 보다가 컴퓨터 화면을 보며 자판을 두드렸다. 무서웠다. 내가 아픈 사람이 되었다는 선고였다. 발가락에 금이 가거나 손등을 조금 덴 정도가 아니었다. 많이 먹어도 살이 빠지는 체질로 바뀌었다고, 소원을 성취했다고 떠들고 다닌 게 민망했다. 의사는 완치를 불신하고, 엄마는 완치를 확신했다.

- 행운을 빕니다. 그리고 다음엔 환자분 혼자 오셔도 됩니다.

의사가 진료실을 나가는 우리에게 말했다.

- 정음이 너 혼자 보내도 된대. 그러니까 별거 아닌 거야.

의사는 '환자분 혼자'라고 말하고, 엄마는 그걸 '너 혼자'라고 확인했다. 너, 그러니까 나 이정음이 환자분이 된 것이었다.

 - 정음아, 엄마 인생에 힘든 일은 네 아빠랑 살고 이혼하면서 다 겪었어. 신도 양심이 있다면 내 인생에 힘든 일을 또 만들겠어?

 - …….

 - 그래, 안 그래?

 - 응.

다리가 후들거리고 가슴이 뛰었다. 몹시 피곤해서 어디든 그냥 눕고 싶었다.

 - 정음아, 한 사람이 평생 겪을 고통에는 총량이 있다고 믿거든. 그러니까 너는 약물치료로 곧 나을 거야.

 - …….

 - 그래, 안 그래?

 - 응.

 - 네 의지가 중요해. 입원할 만큼 큰 병도 아니고.

병원 본관을 나오며 엄마가 말했다. 건물 밖은 뜨겁고 밝은 여름 한낮이었다. 눈이 앞으로 튀어나오는 바람에 눈부심이 심해져 제대로 눈을 뜨기가 어려웠다. 그레이브스병 증상이었다. 엄마는 택시 승차장을 지나쳐서 땡볕 아래로 걸었다.

'엄마, 택시.'

나는 목까지 차오른 말을 삼켰다.

― 약 잘 챙겨 먹고 빨리 나을 거지?

엄마가 다그치듯 물었다.

― 응.

그레이브스병 증상은 내가 겪고 있는데, 나아야 하는 이유는 엄마에게 있는 것 같았다. 증상, 병명, 나, 환자분, 엄마, 이혼, 신의 양심, 고통의 총량……. 단어들이 뿔뿔이 흩어지고, 몸과 마음이 분열되는 느낌이었다.

구급차가 사이렌을 울리며 요란하게 지나갔다. 나는 잠에서 깨어나듯 자리에 멈췄다. 쓰러지고 싶은 강렬한 욕구를 느꼈다. 쓰러지기만 한다면 병원 응급실에서 들것을 가지고 나올 것이다. 나는 들것 위에 바로 누울 수 있고, 눈이 부신 햇살 아래 후들거리는 다리로 걷지 않아도 된다.

― 어서 가자. 약국도 들러야 하고.

엄마가 재촉했다. 쓰러지고 싶은 마음과 애써 쓰러지지 않으려는 몸이 뒤엉켜 엄마를 따라 움직였다. 약국에 들렀다가 지하철역까지 걸었다. 승강장으로 내려가자 곧 열차가 들어왔다. 걸음을 재촉해 열차에 탔다.

빈자리가 있어 나란히 앉았다. 엄마가 졸기 시작했다. 그제야 엄마가 밤새워 일하고 바로 병원에 왔다는 게 생각났다. 엄마는 자동차 부품 공장에서 주야 맞교대로 일했다. 주간에만 일하는 것보다 수당이 많기 때문이다.

엄마가 고개를 옆으로 숙이며 졸다가 옆 사람 어깨를 건드렸다. 나는 엄마 머리를 살짝 잡아 내 어깨 위에 올려놓았다. 엄마 키에 맞추려고 등을 곧추세웠다. 졸지 않으려고 눈을 부릅떴다. 엄마에게 기댈 어깨를 내준 게 태어나 처음인 것 같았다. 엄마 머리는 묵직했다. 야간 조로 일하는 엄마, 신용 불량자 아빠, 환자가 된 나……. 외면하고 싶은 현실이 어깨를 누르는 것 같았다. 엄마는 집으로 올 때까지 걸고 졸기를 반복했다. 아무 말도 하지 않았다.

- 엄마, 약 먹으면 눈 들어가겠지?

집 앞에서 내가 물었다.

- 당연하지. 깨끗이, 원래대로 돌아갈 거야. 어려서 국에 데었을 때처럼 감쪽같이.

 엄마 말을 믿고 싶었다. 아프기 전으로 돌아간 모습을 떠올렸다.

 그날 저녁부터 하루도 빠지지 않고 약을 먹었다. 심장이 덜 두근거렸다. 몸은 덜 피곤했다. 인터넷으로 병에 대한 정보를 검색했다. 온라인 환우 카페에 가입했다. 회원들이 올려놓은 자료를 읽었다. 갑상선 기능 이상 때문에 내 생리 주기가 들쑥날쑥하다는 걸 알게 되었다. 무엇보다 놀라운 건 병이 생기는 이유였다. 그레이브스병은 몸의 착각 때문에 발생한다. 면역 시스템이 착각을 일으켜서, 태어날 때부터 한 몸이었던 갑상선을 외부에서 침입한 바이러스처럼 취급하는 것이다. 이해할 수 없었다.

 - 엄마, 내 병 있잖아. 내 몸이 내 몸을 공격해서 생기는 거래. 적인 줄 알고. 그러니까 내 팔이 내 다리를, 적인 줄 알고 계속 때리는 거나 마찬가지야. 어떻게 그럴 수가 있지?

 엄마는 질문에 대답하지 않았다. 그 대신 굳은 얼굴로 말했다.

 - 정음아, 그거 네 병 아니다. 잠깐 있다 갈 거니까 네 거라고 하지

마. 그리고 자료 같은 거 찾지 말고 그냥 믿어. 완치될 거라고.

나는 입을 다물었다. 우리 집에서 '내 병'은 '아빠'처럼 입에 올리지 말아야 할 단어란 생각이 들었다. 엄마 앞에서 되도록 아무렇지도 않은 척했다. 약봉지를 책상 서랍에 넣어 두고, 엄마가 안 볼 때 먹으려고 노력했다. 내 병을 '없는 존재' 취급하는 데 엄마와 공모한 기분이었다.

하지만 누군가와는 내가 겪는 불편함을 이야기하고 싶었다. A와 J에게 병명을 알려 주었다.

– 그레이브스가 사람 이름이니?

J가 물었다.

– 그렇대.

– 병 이름에 사람 이름이 들어간 걸 보니 희귀 병인가 보다.

J가 울먹였다. 민망했다. 나는 J에게 그레이브스 씨는 이 병을 발견한 사람이고, 흔한 병이라고 알려 주었다. 그리고 예감했다. J가 알았으니 학교에 금세 소문이 퍼질 것을. 나는 '체질이 바뀐 줄 알았는데 알고 보니 병에 걸린 애'로 유명해졌다. 체중은 두 달 만에 원래대로 돌아왔다.

- 그레이브스 씨, 인제 그만 내 몸에서 나가 주세요.

나는 튀어나온 목 한가운데 손을 올리고 공손하게 부탁하곤 했다. KFC 앞에 서 있는 통통하고 부드러운 서양 할아버지 같은 그레이브스 씨를 떠올렸다. '환자분'이 된 게 유달리 억울한 날엔, 영화에 나오는 악당 두목 같은 그레이브스 씨를 떠올렸다.

연락이 없던 아빠에게 불쑥 문자가 왔다.

정음아, 너는 잘 참지?

아빠 문자엔 도입부가 없었다. "안녕?"이라든가, "그동안 잘 지냈니?" 같은 걸 건너뛰고, 곧바로 용건으로 넘어갔다.

                                          그게 무슨 소리야?

자가 면역 질환은 자신을 공격하는 거잖아.
잘 참는 사람, 어려움이 생겼을 때
자기 탓을 많이 하는 사람에게

발생 빈도가 높다는 연구 결과가 있대.

너는 어려서부터 착하잖아.

어려운 일도 네 힘으로 해결하려고 하고.

                                        그래서?

    성격을 바꿔.

    한숨이 나왔다. 그동안 스트레스를 가장 많이 준 사람이 아빠였다.
아빠가 가장 역할을 하지 않으면서 엄마의 짐이 무거워졌다. 나는 엄
마에게 치댈 수가 없었다. 누울 자리가 없어서 다리를 뻗을 수 없었
던 어린아이, 그게 나였다.

                            성격을 바꿀게. 참지 않고 말할게
                                내가 아픈 건 아빠 탓이야

    문자를 쓰고 지우길 반복했다. 결국엔 보내지 못했다. 아빠가 사업

에 실패하고 자살 시도를 했던 게 떠올랐기 때문이다. 아빠 탓이 아닐 수도 있는데, 충격으로 죽고 싶게 만들까 봐 걱정되었다.

약을 먹은 지 네 달쯤 되자 증상이 많이 사라졌다. 문제는 눈이었다. 눈은 조금도 들어간 것 같지가 않았다. 안과에 가서 검사하고 스테로이드 처방을 받았다. 별 효과가 없었다. 그 대신 얼굴이 달덩이처럼 부풀었다. 체중이 5킬로그램 더 늘었다. 갑자기 빠졌던 걸 더하면 10킬로그램 넘게 늘어난 셈이었다.

교복이 터질 지경이었다. 엄마가 알음알음으로 누군가 입던 동복과 하복을 한 벌씩 얻어 왔다. 헌 교복은 너무 컸다. 키는 더 자라지 않고 발이 자랐다. 신발장 구석에 처박혀 있던, 아빠가 사 준 운동화를 꺼내 신었다. 딱 맞았다.

- 운동화 샀니? 잘 어울리는데.

등굣길에 만난 A가 물었다.

- 음, 발이 커서. 이제 240.

- 아, 발이 큰 게 아니라 발등에 살이 쪄서 그럴 거야. 살찌면 손발도 커지는 거 몰랐어?

- 어.

- 너, 체중 관리 좀 해야겠다.

A가 내 몸을 위아래로 훑어보더니 피식 웃었다. 나는 1층 현관 뒤쪽, '3회 졸업생 일동'이라는 금박 글씨가 새겨진 낡은 거울 앞으로 갔다. 주위엔 아무도 없었다. 헌 교복에 아빠가 잘못 사 준 새 운동화를 신은 뚱뚱한 내가, 만화에 나오는 캐릭터처럼 기괴하게 놀란 얼굴로 서 있었다.

아침에 일어나 거울 보는 일이 괴로웠다. 내 눈과 몸에 쏟아지는 시선을 의식하며 집 밖으로 나갈 자신이 없었다.

- 그레이브스 씨, 차라리 나를 입원시켜 줘.

나는 일상의 의무에서 벗어나고 싶었다. 병원이라는 공간에 유폐되길 바랐다. 그레이브스 씨는 어떤 부탁도 들어주지 않았다. 입원 한번 시켜 주지 않고, 튀어나온 눈과 살찐 몸으로 매일 학교에 가게 만들었다. 지나가던 옆 반 애들이 내 눈과 몸을 보고 뒤돌아 키득대며 수군거렸다.

- 야, 놀란정음 간다.

놀란정음. 내 새 별명이었다.

- 놀란정음, 훈민정음, 놀라안정음, 훈민정으음.

남자애 둘이 나를 따라오며 흥얼거렸다. 아만자, 암 환자, 아만자, 암 환자. 선우를 괴롭히던 소리가 떠올랐다. 걔들일까. 고개를 돌려보았다. 아니었다. 세상은 악마들 천지였다. 그리고 악마들의 창의력은 뻔했다.

'놀란정음'은 오래가지 않았다. 금세 새로운 별명이 퍼졌다. 심슨, 눈이 튀어나온 애니메이션 속 인물 심슨.

- 야, 심슨.

A가 어깨를 툭 치며 말했다.

- 하지 마.

나는 A를 마주 보고 말했다.

- 너 그렇게 사람 똑바로 보지 마. 무서워.

A가 떠는 시늉을 했다. 나도 알고 있었다. 튀어나온 눈 덕분에 마주 보기만 해도 부릅뜨고 노려보는 효과가 난다는 걸.

- 일부러 심슨이라고 불러 본 거야. 그냥 편하게 받아들이라고. 나라면 아이디랑 카톡 프로필을 심슨으로 바꾸겠다. 그럼 심슨이 놀림받는 말이 아닌 게 되잖아. 세상을 바꿀 순 없대. 나를 바꿔야지. 친한 친구니까 하는 얘기야.

A가 미간을 찌푸리며 말했다. '사려 깊은 인생 선배'의 면모를 가졌다는 자긍심으로 가득한 얼굴이었다. A의 말이 나를 온통 찌르는 듯했다. 놀란정음이라고 히죽거리던 소리보다 더 아팠다. A에겐 사람을 압도하는 묘한 힘이 있었다. 걔 말을 따르지 않으면 친구의 사려 깊은 조언을 걷어찬, 보잘것없는 중딩이 될 것 같았다.

'Simpson21C'

A의 조언대로 심슨이 들어간 아이디를 노트 구석에 끄적거려 보았다. 그렇게 해서 괴로움이 사라진다면, 나 자신을 21세기 심슨이라 부르며 키득거릴 수 있을 것이다. 심슨에 둔감해지기를 바라면서 애니메이션 심슨 시리즈를 보고 또 보았다. 볼수록 마음은 너덜너덜해졌다. 심슨처럼 눈이 튀어나온 심슨 가족을 보면, 혹시나 동생이나 엄마에게 같은 병이 생길까 봐 겁이 났다. 견딜 수 없었다. 문득문득 선우 생각을 했다.

– 선우야, 너라면 이럴 때 어떻게 할 거니?

심슨 애니메이션을 틀어 놓은 화면 앞에 앉아, 눈을 감고 말했다.

"정음아, 아픈 걸 가지고 놀리는 거잖아. 왜 걔 말을 따르려고 그러는 거야?"

선우가 옆에 있다면 그렇게 물을 것만 같았다. A 말대로 해 보려고 애쓴 내가 바보였다. 병으로 몸이 변형되어 놀림받는 친구에게 그따위 조언을 하다니……. A는 친구가 아니었다. 그냥 나쁜 년이었다.

교실 밖으로 나가고 싶지 않았다. A나 J와 어울려 다니기 싫었다. 쉬는 시간이면 졸리지 않아도 책상에 엎드려 자는 척했다. 나는 점점 혼자가 되었다.

- 진심으로 충고하는데, 너 그렇게 우울한 얼굴로 늘어져 있으면 옆에 있는 사람이 피곤해. 좀 웃어라. 너보다 더 아파도 잘 웃는 사람 많잖아.

J가 말했다. 덕분에 알게 되었다. 옆에 있는 사람을 피곤하게 하지 않으려면 '잘 웃는 사람' 연기라도 해야 한다는 걸. 그리고 결심했다. 죽을 때까지, 그 누구 앞에서도 '진심으로 충고하는데'로 시작하는 말 따위는 하지 않겠다고. '아파도 잘 웃는' 선배 환자들에게도 화가 났다. 왜 아픈데 웃고 살아서 신입 환자를 힘들게 하는지.

- 눈은 언제 들어가니? 살은 더 쪘는데 눈은 그대로네.

J가 물었다. A와 J가 나에게 더는 질문이나 충고를 하지 않으면 좋을 것 같았다.

- 아직 약물치료 중. 끝나면 들어간대.

내가 대답했다. 엄마처럼 완치를 확신하는 말이었다. 불안했다. 그리고 궁금했다. 언제쯤이면 눈이 들어갈지. 한두 달에 한 번 C대학 병원에 가서 피를 뽑았다. 피 검사를 하고 며칠 후엔 의사를 만나러 갔다.

- 어때요?

의사는 늘 존댓말을 했다. 그리고 말을 되도록 적게 하라는 듯 분주한 분위기를 풍겼다.

- 있잖아요……, 눈이요.

- 스테로이드 치료는 효과가 없었죠?

- 예.

- 혹시 사물이 겹쳐서 보이나요?

- 아니요.

- 시력은?

- 괜찮아요.

- 눈을 감아 보세요.

나는 눈을 감았다.

- 눈은 잘 감기네요. 기능적인 목적의 안과 치료는 필요 없을 것 같은데요. 나중에 성인이 되었을 때도 눈이 들어가지 않으면, 안와감압술을 하는 방법이 있어요. 눈 주변 뼈를 제거해서 안와 내 공간을 넓히는 수술이죠.

그 정도는 나도 알고 있었다. 하지만 성인이 되려면 긴 시간이 남아 있었다. 뼈를 제거하는 수술도 무서웠다. 그 전에 눈이 들어가는 방법은 없는지 물어보려는데, 의사가 앞서 질문을 했다.

- 피곤한 건 어때요?

- 피곤해요.

- 수치는 많이 좋아졌는데, 운동 부족 아니에요? 체중이 많이 늘었네요.

- …….

운동 부족이 맞았다. 피곤해서, 튀어나온 눈을 보이기 싫어서 운동하러 나가지 못했다. 운동하기 어려운 이유를 머릿속에서 문장으로 만드는 동안, 의사가 처방을 내려 버렸다. 쫓겨나듯 진료실을 나오는 날이 대부분이었다. 나는 이정음이라는 사람이 아니라 그냥 의사가 검토하는 자료 같았다. 그레이브스 씨와 함께 매일을 살아야 하는 이정음의 삶은 거기에 없었다.

　환우 카페에 올라온 자료를 더 꼼꼼히 읽었다. 읽을수록 희망보다 절망이 커졌다. 큰 병은 아니지만 쉽게 낫는 병도 아니었다. 면역 시스템이 갑상선을 계속 공격하고, 공격을 받은 갑상선은 조직을 키워 전력을 강화하는, 몸과 몸의 멍청한 싸움은 만만치 않았다. 약물치료 반년 혹은 1년으로 모든 증상이 사라지는 사람도 있었다. 운 좋은 경우였다. 나는 운이 좋지 않았다. 정상 수치로 돌아와 약을 끊으면 몇 달 후 재발했다.

　- 그레이브스 이 개새끼야, 그동안 '씨' 자 붙이고 존댓말 쓴 세월이 억울하다. 내가 너한테 앞으로 존댓말을 쓰면 개정음이다.

　세 번째 재발을 확인한 날, 병원 본관을 나서며 씩씩댔다. 의사가 약 종류를 바꾸었다. 바꾼 약 때문에 간 수치가 올랐다. 고통에는 총량이 있다는 엄마의 믿음은 헛된 것이었다. 결국 의사는 약물치료를 포기했다. 그리고 갑상선 조직을 파괴하는 방사성 요오드 치료를 권했다.

　방사성 요오드 치료는 마취가 필요 없었다. 그냥 방사성 요오드와 물을 삼키는 것이다. 물에 섞인 방사성 요오드는 소장에서 흡수된다. 피를 타고 돌다가 갑상선에 저장된다. 그리고 조용히, 아무 통증 없이 갑상선을 파괴한다.

- 저, 그럼 피폭되는 건가요?

의사에게 물었다.

- 네, 소량이지만.

허무했다. 결국 이렇게 될 줄 알았으면 약물치료로 4년을 보내지 않았을 것이다.

- 이정음 씨, 운이 좋으면 방사성 요오드 한 번 먹고 평생 갑상선 호르몬 정상 레벨로 삽니다. 하지만 꼭 필요한 조직도 파괴돼서, 기능 저하증으로 살 가능성이 높아요. 넘치는 병에서 모자란 병으로 바꾸는 거죠. 그래도 해 보시겠어요?

의사는 마치 내가 마음껏 치료법을 선택할 수 있는 것처럼 물었다.

- 저하증이 오면 하루 한 번 호르몬제만 먹으면 됩니다. 호르몬제는 위장 장애가 없고 약값이 싸요. 호르몬이 넘치는 것보단 부족한 게 관리하기 쉬워요. 행운을 빕니다.

의사는 또 행운을 빌어 주었다. 이번 행운도 내게 올 것 같진 않았다. 나는 가만히 '넘치는 것'과 '부족한 것'에 대해 생각했다. 병원에서

〈보호자 동의서〉와 〈방사성 요오드 치료에 관한 환자 안내문〉을 주었다. 여름방학이 언제 시작되는지 물었다. 그리고 피폭될 시간과 장소를 정해 줬다.

내일이 그날이다. 오전 9시 10분. C대학 병원 본관 지하 1층 핵의학과.

가출을 결심하게 만든 문장

저녁 7시 30분, 엄마가 출근하는 시간이다. 엄마는 여전히 자동차 부품 공장에서 주야 맞교대로 일한다. 이번 주는 야간 조라 저녁 8시 30분부터 다음 날 오전 8시까지 근무다.

"정말 혼자 갈 수 있겠어?"

엄마가 신발을 신으며 물었다.

"언제는 혼자 안 보냈어?"

엄마 가방을 들어 주며 내가 대답했다. 열네 살 이정음은 엄마를 위해, "응."이라고 대답했을 거다. 열여덟 살 이정음은 그러지 않는다. 엄마 말을 받아치며, 그동안 혼자 병원에 다녔던 어려움을 드러낸다.

엄마가 그 말 때문에 불편하길 바라면서. 어쩌면 아빠 말대로 성격이 바뀌었는지도 모르겠다. '괜찮은 척' 연기하는 게 힘들다. 이 세상이 환자들에게 '모든 것을 이겨 내는 역할'을 강요하는 느낌이 싫다. 언제나 환한 얼굴을 강요받는 감정 노동자가 된 것 같다. 집에서라도 맑고 밝은 환자 역 감정 노동에서 자유로워지고 싶다.

"정음아, 비용은 이걸로 결제하고."

엄마가 신용카드를 내밀었다. 그러고는 지갑에서 5만 원짜리 두 장을 꺼냈다.

"용돈."

엄마가 카드와 돈을 내 손에 쥐어 주었다. 드라마에 나오는 갑부 엄마랑 딸의 대화 같았다. 엄마는 평소에 버스비도 아끼라고 하는 사람이다. 수학여행 갈 때도 2만 원 넘게 준 적이 없다. 더 달라고 조를 형편도 아니다. 엄마의 적은 월급으로 세 식구가 빠듯하게 살고 있으니까. 게다가 이번 달은 생활비가 더 들었다. '요오드 제한식' 때문이다. 피폭 2주 전부터 요오드가 들어간 음식을 먹을 수 없다. 몸에 남은 요오드를 최대한 없애야 치료 효과가 좋아진다. 간장, 된장, 고추장, 김치, 천일염, 해산물……. 다 요오드가 들어 있었다. 급식에 나온 반찬을 거의 먹을 수 없었다. 엄마는 무요오드 간장과 꽃소금으로 반찬을 만들고 도시락을 싸 주었다.

"왜 이렇게 돈을 많이 주는데?"

"힘들면 택시 타."

"헐."

"이정우, 엄마 출근하시는데 데 안 일어나?"

엄마가 현관 옆 정우 방문을 향해 소리를 질렀다. 정우가 핸드폰으로 게임을 하다 말고 나왔다.

"엄마가 월급 말고 뭘 벌러 간다고 그랬어?"

"국민연금."

정우가 얼굴 한쪽을 찌그러뜨리며 대답했다. 엄마는 인생에서 제일 중요한 게 나, 정우 그리고 국민연금이라고 그런다. 월급이 좀 더 많은 식당 일을 하지 않는 것도 4대 보험 때문이다. 국민연금 공단이 투자를 잘못해서 손해 봤다는 기사를 보면, 누군가에게 돈을 뜯긴 것처럼 화를 낸다. 엄마 장래 희망은 국민연금을 받으면서 등산하는 할머니다.

"어머니 노후 대책까지 하러 나가시니, 각자 할 일 잘하고 있어라."

엄마가 현관문을 나서며 말했다. 나는 슬리퍼를 신고 따라나섰다.

"왜 나와?"

"배웅하려고."

"웬일이야."

엄마는 싫지 않은 기색이었다.

"요오드 제한식 이틀 더 하는 거 까먹지 말고, 밖에서 뭐 사 먹고 오면 안 된다."

"알았어."

피폭 후에도 48시간은 요오드 제한식을 해야 한다. 다행이다. 떡볶이도 라면도 먹을 수 없는 시간이 이제 48시간 후면 끝나니까. 엄마와 함께 엘리베이터에 탔다. 나는 거울을 보며 앞머리를 내렸다.

"눈은 왜 가려. 그 배우도 너처럼 나왔잖아."

엄마는 내가 눈 가리는 걸 싫어한다. "그 배우도 너처럼 나왔다."는 말은 백 번도 더 들었다. '그 배우'는 연극을 하는 20대 언니다. 별로 유명하진 않다. 진단을 받은 지 1년쯤 되었을 때 엄마가 핸드폰에 저장한 사진을 보여 주었다.

ㅡ 이 사진 좀 봐. 얘도 눈이 나왔는데 배우래.

사진 속 젊은 여자는 환하게 웃고 있었다. 앞머리를 내리지 않고 머리를 묶어서, 튀어나온 눈이 훤히 드러났다.

- 정음이 너랑 같은 병이라네.

나는 핸드폰 화면에 시선을 두고 머릿속으로 '너랑 같은 병'이라는 말을 곱씹었다. 처음 진단을 받았을 땐 '내 병'이라는 말을 입에 올리는 것도 싫어하던 엄마였다.

- 우리 조 영선이한테 네 얘길 하니까, 자기 조카도 그레이브스병으로 고생하고 눈이 나왔는데, 대학로에서 연극을 하면서 잘 산다더라. 그 배우는 아픈 채로 잘 지낸대. 너한테 '파이팅'이라고 전해 달래.

나는 아픈 채로 잘 지낸다는, 그 배우의 눈을 자세히 들여다보았다. 엄마는 내가 완치될 거라는 믿음을 어느새 버린 것 같았다. 내가 돌출된 눈으로 평생 살 수도 있다는 걸 서서히 받아들인 듯했다. 엄마는 그 언니가 '그레이브스병 환자 역할을 하는 게 아니라 그냥 배우'라고 했다. 엄마가 그런 사진과 응원 메시지를 받아 올 줄은 몰랐다. 엄마가 나와 내 병을 함께 품어 주는 느낌이었다. 따뜻했다. 그리고 불안했다. 나라는 존재 안에 병이 스며들어 영원히 떨어지지 않을까 봐. 난 받아들일 수가 없었다. '그레이브스병 환자 역할'이 내 인생에서 잠깐 맡은 배역이라면 얼마나 좋을까 생각했다. 촬영을 마치고 특수 분장을 지우듯, 기적처럼 눈이 들어가길 희망했다.

"이제 들어가서 쉬어."

엄마가 엘리베이터에서 먼저 내리며 손을 흔들었다.

"참!"

엄마가 열림 버튼을 눌렀다.

"그레이브스 씨, 잘 가."

엄마가 나를 보며 손을 흔들었다. 내가 그레이브스 씨인 것처럼. 다행이었다. 엄마가 '신의 양심'이나 '고통의 총량' 따위를 말하지 않아서. 언젠가부터 엄마는 '그레이브스 씨'를 입에 올리기 시작했다. 아마도 두 번째 재발 후, 내가 그레이브스 씨에게 온갖 저주를 퍼부은 쪽지를 쓰레기통에서 발견한 다음인 듯하다.

─ 그레이브스 씨, 우리 정음이 좀 봐주세요. 그래야 일어나서 학교에 갈 거 아니에요.

엄마가 그 말을 한 아침을 기억한다. 내 안에서 매듭 하나가 풀린 것 같았다. 집에서 '그레이브스 씨' 이야기를 편히 할 수 있는 것만으로, 나는 덜 외로워졌다.

나는 우리 집이 있는 8층으로 올라와 복도 난간에 기대섰다. 주차장을 가로질러 가는 엄마가 보였다.

"엄마, 사흘 있다 봐."

나는 조그맣게 멀어져 가는 엄마 등에 대고 말했다. 내가 피폭 후 48시간 동안 가출할 예정이라는 걸 엄마는 아직 모른다.

방으로 들어와 책가방을 꺼냈다. 밖에서 48시간을 보내려니 챙길 게 많았다. 소나기 예보가 있어서 튼튼한 우산을 넣었다. 보충수업에 빠진 만큼 풀어야 하는 영어 문제집, 독후감 숙제 때문에 읽어야 하는 책, 연습장, 필통, 속옷, 칫솔, 실내복, 여분의 겉옷, 핸드폰 충전기…… 작은 페트병에 무요오드 간장을 담아, 비닐로 잘 싸서 가방에 넣었다. 엄마 사인이 적힌 〈보호자 동의서〉를 가방 안주머니에 접어 넣었다. 아직 만 18세가 되지 않았으니까 동의서가 없으면 치료를 할 수 없다. 〈방사성 요오드 치료에 관한 환자 안내문〉을 동의서와 함께 넣으려다 다시 읽기 시작했다. 읽고 또 읽어 외울 지경이지만.

> 복용 전 4시간 전부터 복용 후 2시간 동안은 음식과 음료 섭취를 하실 수 없습니다.

내일 아침에 일어나 깜빡하고 물을 마시면 안 된다. 이면지에 큰 글씨로 '물 안 됨'이라고 적어서 냉장고 문에 붙였다.

> 방사성 요오드를 복용한 후 수일 동안 독립된 침실이나 수면 공간을 사용하는 것이 좋으며, 다른 사람과 함께 자야 한다면 적어도 약 2미터 이상 거리를 두고 주무시는 것이 바람직합니다.

피폭이 결정된 날, 엄마와 나란히 앉아 안내문을 읽었다. 한숨이 나왔다. 우리 집은 13평 임대 아파트다. 작은방은 남동생 정우가, 큰방 겸 거실은 엄마랑 내가 쓴다. 살림살이가 놓인 자리를 빼면 엄마랑 내가 나란히 누워서 잘 공간밖에 없다.

- 엄마, 2미터를 어떻게 벌리지?
- 괜찮아. 같이 비를 맞는 게 우정이라는데, 같이 좀 맞지 뭐.
- 말도 안 돼. 이건 비가 아니라 방사선이라고.
- 그래도 그레이브스 씨가 떠나는데, 뭔가 함께 겪어야 하지 않겠니?
- 안 돼. 내가 후쿠시마 되는 거잖아.

- 야, 네가 후쿠시마만큼 심각하면 입원시키지, 그냥 집에 보내겠니?

- …….

나는 입원을 할 수가 없었다. 암 치료 때문에 고용량으로 피폭한 사람만 납으로 둘러싼 차폐 병동에 들어갈 수 있으니까.

> 방사선 타액은 식기류, 음료, 칫솔, 싱크대, 베개, 전화 수화기 등을 오염시킬 수 있기 때문에 주의가 필요합니다. 다른 가족이 사용한 식기류와 구분하여 씻으면 바람직합니다.
> 세면대는 사용 후 여러 번 닦아 주십시오. 욕실을 깨끗이 사용함으로써 환자의 침이나 땀으로 배설되는 방사성 요오드에 의한 간접적인 오염을 줄일 수 있습니다.

2미터 벌리는 것만이 문제가 아니었다. 좁은 집에서 세탁과 설거지를 따로 해야 하는 것도 무척 번거로운 일이었다. 양치질할 때마다 세면대 청소를 하고, 샤워할 때마다 화장실 바닥이며 샤워기를 다 닦아야 했다.

- 엄마, 내가 나가야겠어.

- 이 밤에 왜?

- 아니, 방사성 요오드 치료받는 날 집에서 나가야겠다고.

- 말도 안 돼. 치료받고 어딜 가. 집에 있어야지.

- 이 안내문 보라고. 씻고 나서 화장실 다 청소했다 쳐. 그러다가 나도 모르게 땀 흘리면, 그게 엄마나 정우한테 갈지도 모르잖아.

- 정음아, 너는 결벽증이야.

- 뭔 소리야. 잘 안 씻는다고 잔소리할 땐 언제고.

- 성격이 결벽증이라고. 어려서부터 그랬어. 우산 들고 버스 타면, 옆 사람 옷에 빗물 닿을까 봐 품에 꼭 안았지. 너 같은 어린애는 본 적이 없어.

- 지금은 안 그래.

- 뭐가 안 그래? 비 오는 날 우산 담는 데 쓰려고 파 봉지 씻어서 말리는 고딩은 너뿐일 거다.

- 그게 지금 이거랑 뭔 상관인데 그래.

- 그게 그거지. 넌 지나쳐.

- 뭐가?

- 지나치게 예민하게 굴고 있잖아. 여기 너 같은 사람을 위해서 이렇게 적혀 있네.

엄마가 손가락으로 안내문 아랫부분을 가리켰다.

> 방사성 요오드 치료는 환자의 안전을 고려하여 사용되고 있는 만큼 환자에게서 나오는 방사선량도 아주 적어서 주변 사람들에게 미치는 영향은 거의 없습니다. 그러므로 주변 사람들과 짧은 시간 동안 일시적으로 접촉하는 경우에는 염려하실 필요가 없습니다.

- 정음아, 조금만 조심하라는 얘기야. 너무 신경 쓰진 말고.

나는 천천히 안내문 첫 장을 다시 읽었다. 문득 가습기 살균제 사건이 떠올랐다. '영향이 거의 없다'고 하지만, '거의'가 어느 정도인지는 알 수 없는 일이었다. 나 때문에 엄마나 정우 몸에 문제가 생기는 건 상상하고 싶지도 않았다. 환우 카페에는 1980년대 체르노빌 원자력 발전소 폭발과 우리나라 갑상선 질환의 상관관계에 대한 이야기도 올라와 있었다. 머나먼 체르노빌에서 있었던 일 때문에 수십 년 뒤에 누군가는 나처럼 어려움을 겪을 수도 있다는 글이었다. 두려웠다. 가족에게 해를 끼치고 싶지 않았다.

- 엄마, 어디 빈집 없을까?

- 왜, 나랑 정우 내보내려고?

- 아니, 내가 나가려고.

- 말도 안 되는 소리 하지 마.

- 그래도.

- 뭐가 그래도야. 네가 정 신경 쓰이면 정우랑 내가 찜질방 가서 잘 거야. 신경 꺼. 너는 어린 게 왜 그러니. 예닐곱 살짜리가 무거운 가방 꼭 제가 들려고 할 때부터 알아봤어!

엄마가 큰 소리를 냈다. 어린 내가 무거운 가방을 든 건 외할머니 때문이다. 외할머니는 엄마가 이혼하기 전에, "너는 혹이 둘이나 달려 팔자 고치기도 힘들다."는 말을 하곤 했다. 어린 내가 어떻게 '혹'이 나와 정우, '팔자 고치는 것'이 재혼이라고 짐작했는지 모르겠다. 어른들과 일일 연속극을 보다 깨우친 것 같기도 하다. 내가 태어나지 않았으면 엄마가 행복했을 거라는 생각이 들었다. 슬펐다. 나는 엄마를 힘들게 하지 않으려고 노력하는 아이였다. 열 살 되던 해, 엄마가 혹 둘을 달고 이혼한 다음엔 더 조심스러워졌다.

비록 인체에 해가 되지 않는 아주 적은 방사선이라도, 주변 사람들은 불필요한 방사선에 노출되는 것이므로 적절한 주의를 기울여 아래 사항을 준수하는 것이 필요합니다.

　가출을 결심하게 만든 문장이었다. 아빠가 관리하는 빈집, 그러니까 친할머니네가 떠올랐다. 할머니는 엉덩이뼈가 부서져 병원에 입원해 있고, 아빠가 병간호를 한다. 몇 달 전 아빠는 할머니가 다치셨다는 소식과 함께 사진을 보냈다. 병상에 누운 할머니와 찍은 셀카였다. 사진 각도로 보아 셀카봉으로 찍은 것 같았다. 백수에서 간병인이 된 기쁨이 느껴졌다. 오랜만에 아빠에게 화가 났다. 아빠는 '신용 불량자라서 써 주는 데가 없다.', '나이가 많고 경험이 없어 노가다도 못 한다.'는 핑계를 대며, 양육비를 주지 않았다. 아빠가 진작 간병인을 해서 우리에게 매달 50만 원만 보내 주었으면, 엄마가 추가 근무와 주야 맞교대를 하며 고생할 필요는 없었을 것이다. 난 아빠를 괴롭히고 싶었다.

간병인 잘 하고 있어?

전문 간병인 수준이지.^^

할머니 퇴원하시면 그 길로 나가면 되겠네

그건 신용 불량자도 할 수 있잖아

할머니 병원에 오래 계셔야 해.
병원에서 돌아가실지도 몰라.

그럼 할머니 돌아가신 다음에 간병인 해서 돈 벌어

나랑 정우 대학 등록금은 책임져야 하지 않겠어?

답이 없었다. 그렇게 시간이 흘렀다. 빈집이 필요하지 않았다면, 먼저 연락하지 않았을 거다. 몇 달 만에 아빠에게 다시 문자를 보냈다. 아빠는 우리 사이에 아무 갈등이 없었던 것처럼 답했다. 그리고 흔쾌히 48시간을 할머니네 집에서 보내라고 했다.

- 우리 친할머니 집 생각나?

가출 장소가 결정된 날, 불을 끄고 누운 엄마에게 물었다.

- 그럼. 아빠가 집 날려서 거기서 한동안 살았지.

- 아빠랑 할머니랑 아직 그 집에 사나 봐.

나는 할머니가 다쳐서 병원에 있다는 말을 하지 않았다. 가출 계획에 차질이 없으려면 그 집이 빈 걸 엄마가 모르는 게 좋을 테니까. 엄마는 아빠와 연락하지 않은 지 오래되었다. 아마도 내가 그레이브스병 진단을 받을 즈음이 마지막인 것 같다. 아빠는 1년에 한두 번 우리를 만나러 올 때도 엄마와 마주치지 않으려고 했다. 양육비를 입금하기 전엔 나타나지 말라고 엄마가 으름장을 놓았기 때문이다.

- 정음아, 할머니 집 재건축 안 하고 그대로 산대?

- 그런가 봐.

- 다행이다. 그 집은 날리지 않아서.

아빠는 우리가 살던 집과 함께 할아버지가 남긴 재산 대부분을 날렸다. 그리고 무기력해졌다. 엄마는 견디지 못하고 이혼을 했다. 실패한 남자의 흔해 빠진 스토리였다.

- 예전에 네 아빠한테 전기나 도시가스 끊기지 않았냐니까 명랑하

게 말하더라. 그런 건 우리 엄마 통장에서 자동이체 되니까 걱정하지 말라고. 참 변함없는 사람이야. 철없이 밝은 게 한결같아.

엄마가 '끙' 소리를 내며 돌아누웠다. 엉덩이뼈가 부서진 할머니와 철없는 아빠가 사는 집을 혼자 찾아가서, 피폭된 내가 혼자 있다 오는 이틀이라니. 한숨이 나왔다.

- 정음아.

- 왜?

잠든 줄 알았던 엄마가 어둠 속에서 나를 불렀다.

- 70평 넘는 아파트에서 어떤 할머니가 고독사 했대. 자기 집 안에서.

- 뭐?

- 안방 화장실에서 죽은 엄마를 같은 집에 사는 아들이 사흘 만에 발견했대.

- 정말?

- 정말이야. 정음아, 있잖아.

- 왜?

- 우리는 절대 고독사 하지 않을 거야.

엄마가 '훗' 하고 웃었다. 거실이 없는 집에서 엄마와 한방을 쓰는 건, 내 공간이 없는 것과 마찬가지다. 70평대 아파트 가장 구석진 방에서, 가족에게 생사를 들키지 않을 만큼 고독한 시간을 보내는 나를 상상했다. 나쁘지 않았다. 살짝 설렜다. 넓은 공간을 혼자 쓰는 건 한번도 해 보지 못한 일이었다. 할머니 집에서 혼자 이틀을 보낼 일이 덜 두려워졌다.

3

그동안 잘 지냈을까?

오전 7시 5분. 예약 시간까지는 2시간쯤 남았다. 나는 화장실 거울 앞에 섰다. 헤어롤을 빼고 앞머리로 눈을 가렸다. 눈이 튀어나온 다음부터 외출할 때마다 하는 일이다.

오전 7시 9분. 자꾸 시계를 보게 된다. 우리 집에서 C대학 병원 본관까지는 넉넉잡고 한 시간 20분이면 갈 수 있다. 7시 50분에 집을 나서도 예약 시간에 늦진 않을 것이다. 나는 앞머리를 내려뜨린 다음 머리카락 끝을 양쪽 광대에 붙였다. 눈을 가리면서도 시야를 확보하려는 궁리 끝에 나온 스타일이다. 앞머리가 바람에 날려 붕어눈이 훤히 드러나는 걸 막으려면, 머리끝에 살짝 젤을 발라 주어야 한다.

'가져가야 할까?'

젤을 손에 쥐고 망설였다. 가방은 학교에 갈 때보다 더 무거웠다.
나는 젤을 그 자리에 내려놓았다.

'참기름을 조금 챙길까?'

참기름과 무요오드 간장을 넣고 비빈 밥은 가장 간단한 요오드 제
한식이다. 48시간 정도는 그것만 먹고 버틸 수 있다. 아무래도 할머
니 집에 참기름은 있을 것 같았다. 나는 〈보호자 동의서〉를 챙겼는지
다시 확인했다. 가방 지퍼를 닫았다.

"정우야."

자고 있는 동생을 깨웠다.

"왜?"

"나 가출한다."

"어?"

동생은 눈을 비비며 일어나 앉았다.

"이틀 동안 가출할 거야."

"엄마도 알아?"

"엄마가 알면 가출이냐."

"아……."

정우가 가슴팍을 긁으며 침대에서 일어났다.

"너, 엄마한테 말하지 마."

"근데 왜 나한테는 알려 줘?"

말문이 막혔다. 각별히 비밀을 나누는 사이도 아니면서 왜 실토했나 싶었다.

"누나, 근데 오늘 그레이브스 씨 죽이러 간다고 하지 않았어?"

"맞아. 죽인 다음에 집에 안 들어온다고."

"그럼 어떡해. 엄마랑 내가 찜질방 가기로 했는데."

"됐거든. 엄마 집 떠나면 못 자는 거 몰라?"

"그렇지."

엄마는 바뀐 잠자리에 적응을 잘 못 한다. 밤새워 일하고 들어온 엄마를 찜질방으로 보낼 순 없었다. 같은 공간에서 엄마와 정우 몸에 해를 끼치는 건 더더욱 안 되는 일이었다.

"그레이브스 씨 죽는구나. 우리 식구 같았는데."

정우가 잠이 덜 깬 얼굴로 자리에서 일어났다. 나를 따라 나오더니 현관 앞에 섰다. 벌받는 아이처럼 어깨를 움츠리고 두 손을 배 위에 살포시 포갠 채. 그제야 왜 정우를 깨워 실토했는지 알 것 같았다. 정우가 내 가방을 뺏고, "혼자 절대로 못 보내. 병원 갔다 얼른 집에 와." 하고 말려 주길 내심 기대했던 거다. 아니면 일하고 있는 엄마에게 전화하겠다고 난리를 치거나. 정우는 내 가출을 말릴 생각이 없는 듯했다.

"누나, 지하철역까지 가방 들어다 줄까?"

목소리가 다정했다. 마치 각별한 남매인 것처럼.

"됐거든."

나는 핸드폰 화면을 터치했다. 오전 7시 13분. 예약 시간까지는 2시간 정도 남았다. 집을 나서기에는 아직 조금 일렀다. 그래도 정우랑 둘이 현관에 서 있는 어색한 시간에서 빠져나오려면 더 지체할 수가 없었다.

정우가 잠옷 바람으로 슬리퍼를 끌고 따라 나왔다.

"누나, 힘내!"

정우가 엘리베이터에 탄 나를 보고 외쳤다. 보는 눈은 없었지만 부끄러웠다.

"뭐야."

나는 얼른 닫힘 버튼을 눌렀다.

"누나, 근데 어디로 가출해?"

정우가 열림 버튼을 누르고 물었다.

"가출하는 사람이 그런 거 말하는 거 봤어? 엄마한테 나 가출했다고 말하기만 해 봐. 엄마 저녁에 깰 때쯤 알릴 거야. 너는 입 다물어."

나는 다시 닫힘 버튼을 눌렀다.

가방은 생각보다 무거웠다. 어젯밤 짐을 쌀 때보다 더 무겁게 느껴졌다. 아침부터 푹푹 찌는 날씨에 아무것도 먹지 못해서 그런가 보다. 오늘 낮 최고 기온은 35.2도. 체감 온도는 37도를 웃돌 거라고 했다. 이 더위를 뚫고 움직일 생각을 하니 한숨이 나왔다. 목이 말랐다. 여름은 피폭당하기에 적당한 계절이 아니었다. 나는 아파트 출입구 근처 벤치에 앉았다.

'엄마는 언제쯤 내가 가출한 걸 알게 될까?'

정우가 아무 말을 하지 않는다면, 엄마가 집에 와서 바로 쓰러져 잔다면……, 저녁을 먹으려고 깬 다음에야 알 것이다.

'택시를 탈까?'

엄마가 준 돈이 떠올랐다. 그중에서 2만 원 정도를 쓰면 병원까지 갈 수 있다.

'아니야. 어떤 돈인데.'

나는 금세 단념하고 지하철역 쪽으로 걸었다. 나에겐 용돈을 줄 일 가친척이 없다. 아빠는 밥과 신발을 사 줄 뿐, 용돈은 주지 않는다. 세뱃돈을 주던 외할머니는 작년에 돌아가셨다. 엄마가 주는 세뱃돈이 거의 유일한 특별 수입이다. 과로하면 갑상선 수치가 나빠지기 때문에 알바를 해서 돈을 벌기도 힘들다. 오늘 생긴 10만 원은 최대한 아껴서 남겨 둬야 했다.

"어휴, 무거워."

가방끈이 어깨를 파고들었다. 정우한테 가방을 들어 달라고 하지 않은 걸 후회했다. 다리가 후들거렸다. 그레이브스 씨가 찾아온 다음부터 자주 겪는 증상이지만 오늘은 좀 더 심했다. 노인처럼 벽에 붙은 핸드레일을 잡고 지하철역 계단을 천천히 내려왔다. 진땀이 났다. 겨우 지하철역까지 왔을 뿐인데 오늘치 기운을 다 써 버린 것 같았다.

승강장 벤치에 앉아 가방을 벗었다. 열차가 막 떠난 다음이라 출근 시간인데도 승강장이 한산했다. 가방 주머니에서 핸드폰을 꺼냈다.

아빠와 주고받은 문자를 찾았다.

　세면도구 잘 갖춰 놓았으니 무겁게 들고 오지 마라.
　방사성 요오드 치료하고 먹을 수 있는 과일,
　냉장고에 넣어 두었다.

　혹시 이런 문자를 내가 놓쳤을지도 모른다는 기대를 하면서. 아빠
문자는 할머니 집에 가기로 결정되었을 때 받은 하나가 전부였다.

　정음아, 집 주소와 현관 비밀번호 보낸다.
　대문은 늘 열려 있다. 그동안 잘 지냈니?

　어떻게 답을 해야 할지 난감했다. 아빠에게 '그동안 잘 지냈니?'라
는 질문을 받은 게, 태어나 처음인 것만 같았다.
　'그동안 잘 지냈을까?'
　나 자신에게 물었다. 나는 잘 지내지 못했다.

나는 그렇게 답장했다. 문자는 더 오지 않았다. 할머니 집에 뭐가 있는지 알 수가 없어서, 세면도구와 수건까지 챙겼다. 구글 지도로 집을 검색했다. 마을버스에서 내려서 집까지 가는 길을 여러 각도로 보았다. 버스 정류장 근처 작은 슈퍼는 편의점으로 바뀌어 있었다. 마당이 넓은 단독주택 자리는 원룸으로 빼곡했다. 할머니 집만 예전 그대로였다. 대문은 바스러질 것처럼 허술해 보였다. 정원에 뿌리박은 목련과 감나무는 담장 밖 골목으로 가지를 드리우고 있었다.

열차 두 대가 엇갈리듯 반대편에서 들어와 나란히 섰다. 나는 열차 안으로 들어갔다. 유리창 너머로 반대편 열차에서 내리는 우리 학교 아이들이 보였다. 오늘은 여름방학 첫날이다. 보충수업이 시작되는 첫날이기도 하다. 피폭이 아니었으면 나도 저들처럼 교복을 입고 학교에 갔을 것이다.

나는 자리에 앉아 가방을 열었다. 학교에 가지 않는 날 누릴 수 있는 자유, 선글라스가 떠올랐기 때문이다. 선글라스는 붕어눈을 가리는 데 가장 적당한 물건이다. 그걸 쓰면 앞머리를 늘어뜨리지 않고 귀 뒤로 꽂을 수 있다. 눈부심도 줄어든다.

"어어."

선글라스가 없었다. 많은 것을 챙기다가, 꼭 필요한 걸 빼먹은 것이다. 열차 문이 열리고 사람들이 우르르 몰려들었다. 누군가의 무릎이 내 무릎에 바짝 붙어 섰다. 열차 안은 발 디딜 틈 없이 빼곡해졌다. 가방을 끌어안고 고개를 푹 숙였다. 간장 냄새가 났다. 딱딱한 게 얼굴에 와 닿았다. 우산 손잡이였다. 비바람이 불어도 뒤집히지 않을 만큼 튼튼하고 무거운 우산.

'이정음, 바보 천치, 천하의 등신.'

고개를 숙였다. 조금 울었다.

접근 금지, 피폭될 수 있음

지하철을 한 번 갈아타고 'C대 입구' 역에서 내렸다.

우리 딸, 지금 어디?

정우가 엄마에게 가출 사실을 알리지 않은 것 같았다.

지하철

택시 타고 가라니까

괜찮아

우리 딸 방사성 요오드 삼키는 시간에

나 잠들면 어떡하지?

신경 쓰지 말고 자

미안, 오늘따라 잠이 쏟아진다

푹 자고 너 오면 점심 차려 줄게

알아서 할 거니까 정우 쫓아내고

그 방에 가서 푹 자

우리 딸 장하다

그동안 그레이브스 씨랑

사느라고 고생 많았어

카톡 그만하고 눈 붙여

    나는 핸드폰을 가방 안주머니에 넣었다. 20분쯤 걸어서 병원 본관 지하 1층 핵의학과에 도착했다. 갈증은 점점 심해졌다. 피폭에 대한 두려움보다 방사성 요오드와 함께 마실 수 있는 물 200시시가 간절해졌다.

    폭이 넓은 책상 위에 핵의학과 직원이 종이컵 두 개를 올려놓았다. 컵 하나엔 캡슐이, 다른 하나엔 물이 담겨 있었다. 캡슐에 몇 밀리퀴리의 방사성 요오드가 들어 있다고 직원이 설명해 주었다. 나는 서둘러 캡슐을 삼켰다. 그러고는 물을 마셨다. 살 것 같았다.

    '그레이브스 씨, 안녕.'

    언제부턴가 '그레이브스 씨'가 남자 어른 악당 같지가 않았다. 나에게 기대어 사는, 힘없는 할머니를 떠올릴 때가 많았다. 그녀가 편안히 떠나기를 바랐다.

    "저, 피폭된 건가요?"

    캡슐을 건넨 직원에게 물었다.

"네, 소량이지만."

그가 대답했다.

"물 200시시 다 드십시오. 그리고 앞으로 두 시간 동안 물도 드시면 안 됩니다."

그가 종이컵을 손가락으로 가리키며 말했다. 나는 물을 마시며 시시, 시간, 밀리퀴리 같은 단위를 생각했다. 200시시는 우유 한 팩, 두 시간은 오늘 아침 우리 집 현관에서 출발해 방사성 요오드 캡슐을 삼킬 때까지 보낸 시간이었다. 하지만 'mCi'라고 쓰고 '밀리퀴리'라고 읽는 단위는 감이 잡히지 않았다.

'밀리퀴리? 혹시 조느라고 못 들었을까?'

나는 과포자에 가깝지만, 그래도 단위 정도는 알고 있었다. 주기율표에 나오는 원소 이름도. 밀리퀴리는 과학 시간에 들어 본 적이 없는 단위였다. 내가 삼킨 방사성 물질이 아무래도 캡슐만큼이 아닐 것 같았다. 방사성 폐기물을 콘크리트로 감싸듯, 캡슐 깊숙한 곳에 좁쌀만큼 들어 있는지도 몰랐다.

"제가 삼킨 게 몇 밀리퀴리라고 하셨지요? 그게 얼마나 되는 거예요?"

"갑상선암 환자에 비하면 소량입니다. 그래도 다른 사람과 2미터 이상 떨어지는 게 좋습니다."

그가 〈방사성 요오드 치료에 관한 환자 안내문〉을 건네주며 말했다. 그러고는 바퀴 달린 의자를 뒤로 밀어서 나와의 거리를 벌렸다. 그는 표정과 움직임으로 말하고 있는 것 같았다. 내가 알아야 할 것은 밀리퀴리처럼 어려운 단위가 아니라 그냥 2미터라고. 방사선에 오염된 침이 자기에게 튀는 건 위험하니, 환자분은 그만 입을 닫고 나가 달라고.

서둘러 핵의학과 밖으로 나왔다. 복도 한쪽 벽을 따라 긴 의자가 놓여 있었다. 나는 조금 어지러웠고 어디든 앉고 싶었다. 군데군데 빈 자리가 있었지만 발이 떨어지지 않았다. 어디에 앉아도 다른 사람과 2미터 이상 떨어질 수가 없었다. 누군가 내 왼팔을 스치고 지나갔다. 나는 빠른 걸음으로 핵의학과 복도를 따라 걸었다.

'하나, 둘, 셋, 넷, 다섯.'

내 반경 2미터 안으로 들어오는 사람 수를 세다가 멈췄다. 뒤를 돌아볼 수 없으니, 반경 2미터를 헤아린다는 게 무의미하다는 생각이 들었기 때문이다.

문득 후쿠시마 원전 사고가 났을 때 도망친 사람들이 떠올랐다. 그들은 원전으로부터 멀어지기 위해 전속력으로 달렸을 것이다. 막막했다. 내가 누군가를 피폭할 수 있는 존재일 땐 무엇으로부터 도망쳐야 하는지.

겨우 인적이 뜸한 곳을 찾았다. 병원 2층 내과 중환자실 앞 보호자 대기석이었다. 면회 시간 직전과 직후가 아니어서 그나마 여유가 있는 것 같았다. 나는 가방을 멘 채 의자에 털썩 앉았다. 얼굴에서 흐른 땀이 바지 위로 떨어졌다. 나는 손수건을 꺼내 얼굴과 목을 닦았다.

'아까 삼킨 방사성 요오드가 땀에 섞여 나왔을까? 설마, 벌써 소장에 닿아서 흡수되진 않았겠지?'

두 가지 생각이 연달아 떠올랐다. 두려웠다. 아직 캡슐도 다 녹지 않은 채 위에 있다고, 이 자리에 올 때까지 2미터 이내에 있던 사람에게 눈곱만큼도 해를 끼치지 않았다고 믿고 싶었다. 하지만 병원에서 준 안내문에는 땀으로 나올 때까지의 시간 같은 건 적혀 있지 않았다. 원전에서 방사능이 누출되어 주변이 피폭되는 속도는 전속력으로 차를 몰아 도망치는 속도보다 빠르다고 했다. 방사성 물질은 이미 내 손끝까지 퍼져서 반경 2미터를 둘러싸고 있는지도 몰랐다. 시간을 확인하려고 핸드폰을 꺼냈다. 캡슐을 삼킨 지 19분, 핵의학과 밖으로 나온 지 14분이 지났다.

나는 가방을 벗어 옆자리에 놓았다. 몸을 가누기 힘들 만큼 피곤했다. 잠깐이라도 눕고 싶었지만 보호자 대기석 사이사이에는 철제 팔걸이가 박혀 있었다. 노숙자나 취객이 눕지 못하게 칸막이를 박은 공원 벤치처럼.

'중환자 보호자가 좀 눕게 해 주지.'

나는 철제 팔걸이가 야속했다. 병에 걸린 다음부터 아픈 사람과 아픈 이를 돌보는 사람이 남 같지 않다. 그리고 알게 되었다. '완치'가 얼마나 어려운 것인지. 어쩌면 완치는 존재하지 않는지도 모른다. 완벽한 인간이나 완벽한 가족처럼.

눈을 감고 핵의학과 앞에서부터 스쳐 간 사람들을 떠올렸다. 엘리베이터를 피해 찾은 계단에선 갑자기 누군가가 뛰어 내려왔다. 복도 맞은편에서 임신부가 다가와 뒷걸음질을 치기도 했다.

특히 임산부 또는 영유아 및 미취학 소아와의 접촉 제한 기간은 좀 더 엄격히 지켜져야 합니다.

안내문에 있던 내용이 떠올랐다. 겉으로 티가 나지 않는 초기 임신부와는 어쩌면 가까운 거리에 있었을지도 몰랐다. "혹시 임신하셨나요?" 하고 모든 가임기 여자에게 물어보며 움직일 수도 없는 상황이었다. 내가 피폭시켰을지 모를 작은 생명을 떠올리는 건 몹시 괴로운 일이었다.

차라리 입원하는 게 나을 것 같았다. 납으로 둘러싼 차폐 병동에 갇혀 있을 수만 있다면, 모두와 2미터를 벌려야 한다는 불가능에 가까운 미션을 수행하느라 지치지 않았을 것이다. 아픈 몸으로 산 4년을 돌이켜 보며 슬퍼하거나 방사성 요오드 치료 후 생길지 모르는 부작용을 걱정하는 데 집중했을지도 모른다. 나에게 입원은 저 건너편 환자들의 세계로 넘어가 일상의 의무에서 벗어나는 자격을 얻는 것처럼 느껴졌다.

창 너머로 암 병동과 연결되는 통로가 보였다. 스님처럼 머리를 민, 어떤 아주머니가 수액이 달린 긴 걸이를 밀고 천천히 지나갔다. 지난 4년, 병원을 오가며 아픈 사람을 많이 만났다. 빡빡머리에 모자를 쓰지 않은 환자와도 적잖이 마주쳤다. 그들을 보면 선우가 떠오르곤 했다. 병원은 어쩌면 그들이 모자를 쓰지 않고 버틸 수 있는 '특별 보호 구역' 같은 곳일 거라는 생각이 들었다.

"형, 이쪽에 앉자. 병원 카페 가 봤자 시끄러워. 면회 시간까지 여기 있자고."

60세 전후로 보이는 남자 어른 둘이 김치찌개 냄새를 풍기며 내 쪽으로 왔다. 체구나 생김새가 비슷한 게 친형제 같았다. 그들은 내 앞자리에 나란히 앉았다. 외국인들이 왜 한국 사람에게서 김치 냄새가 난다고 하는지 알 것 같았다. 김치를 2주 동안 못 먹으니, 사람한테 김치 냄새가 났다. 심지어 샤워랑 양치를 하고 새 옷으로 갈아입은 엄마에게서도.

'나한테서 방사성 요오드 냄새가 날까?'

나는 팔뚝을 코에 댔다. 그냥 내 살내였다. 나는 김치찌개에 폐, 위장, 대장, 그리고 뇌까지 점령당했다. 돼지고기와 두부가 잔뜩 들어간 김치찌개가 보글보글 끓는 모습이 뇌리에서 떠나지 않았다. 김치찌개에서 벗어나 보려고 '48시간 뒤에 먹을 수 있는 음식 버킷리스트'를 만들었다. 라면과 김치, 튀김 만두와 떡볶이, 해물 짜장과 탕수육, 치킨과 콜라……

"휴우."

나는 고개를 흔들었다. 김치찌개에서 벗어나는 게 아니었다. 못 먹는 괴로움이 늘었다.

"봄이나 가을에 죽고 싶다고 하시더니, 이 땡볕에 상 치르게 생겼네."

남자 어른 하나가 이쑤시개로 이빨을 쑤시며 말했다.

'중환자실에 누가 있을까? 어머니? 아버지?'

환자가 오래 아프면, 나이가 많으면, 이빨을 쑤시면서 태연한 얼굴로 죽음을 말할 수 있는가 보았다. 그 태연한 죽음 이야기 덕분에 김치찌개에서 벗어날 수 있었다. 그러고는 나에게 닥친 막막한 상황이 떠올랐다.

'이제 어떻게 가지?'

최선의 이동 수단은 기사와 2미터 이상 떨어져서 움직일 수 있는 대형 콜밴이다. 콜밴을 호출한 다음 병원 입구까지 빨리 달려서, 지나치는 사람의 피폭 시간을 줄인 다음에 바로 맨 뒷자리에 올라타면 되는 것이다.

콜밴 기본요금은 2만5천 원이다. 할머니 집까지 4만 원 정도에 갈 수 있다는 건 미리 검색해서 알고 있었다. 문제는 기사의 궁금증이었다. 미성년자인 나 혼자, 큰 짐도 없이, 병원으로 부른 걸 이상하게 여기지 않을까.

"제 몸에서 방사성 물질이 나와서 성인 남성과도 2미터 이상 떨어져야 해요. 그래서 일반 택시를 탈 수 없습니다."

이렇게 말할 자신이 없었다. 솔직하게 말했다가는 승차 거부를 당할 수도 있었다. 몇 가지 거짓말이 떠올랐다.

"밴을 꼭 한번 타 보고 싶었어요."

"기사님, 저는 콜밴 운전사가 꿈인데요, 진로 체험 하려고 불렀습니다."

"원래는 여섯 명이 타려고 했는데 갑자기 사정이 생겨서 저 혼자 타게 되었습니다."

하나같이 허술했다. 혹시 기사가 속아 준 대도 마음이 편하지 않을 것 같았다.

대중교통으로 병원에서 할머니 집까지 가는 방법을 검색했다. 한산한 버스에서 자리를 이리저리 옮기면, 한 사람에게 집중적으로 피해가 갈 확률이 줄어들 것이다. C대 입구 정류장에서 시청 반대 방향으

로 154번 버스를 타면, 마을버스로 한 번 환승해서 할머니 집 근처까
지 갈 수 있었다.

끝났어? 괜찮아?

H의 카톡이었다. H와 S, 그리고 내가 함께하는 단톡방이었다. H와
S는 고등학교에 와서 함께 다니는 애들이다. H는 보충수업 중이었다.
쉬는 시간인 것 같았다. S는 집에 있을 것이다. S는 수능을 준비하지
않는다. 미용 학원에 다닌다.

엉^^ 끝났어
방사성 요오드 맛없어서 더 달라고 안 했어

나는 H에게 괜찮은 척했다. H뿐 아니라 집 밖에서 만나는 모두에
게 '가벼운 병이 있지만 늘 잘 지내는 사람'을 연기하려 애쓴다. 연기
하는 게 힘들 때도 있다. 그렇다고 무대에서 내려올 자신도 없다. 공
연이 끝나면 관객이 빠져나가듯, 무대에서 내려온 순간 모두 멀어질

것만 같다. 그러면 중학교 때처럼 다시 혼자가 될 테니까.

　　웃기는 거 보니 괜찮나 보네
　　지금 어디?

S가 물었다.

　　　　　　　　　　　　　　　중환자 보호자 대기실
　　　　　　　　　　　　면회 시간 아니라 한산한 편

　　카톡을 하며 나는 살짝 들떴다. 2미터 경계 안으로 H와 S가 훌쩍
들어온 느낌이었다. 덜 외로웠다.

　　너 혼자?

　　　　　　　　　　　아니 앞자리 사람이랑 아슬아슬 2미터
　　　　　　　　　　　　　　　　　임산부 아니겠지?

몇 살쯤 됐는데?

60대 남자

ㅋㅋㅋㅋ

"어, 누나 이리 와."

앞자리에 앉은 형제 중 하나가 어떤 할머니에게 손짓했다. 할머니
가 다가와 내 앞에 앉았다. 할머니와 나 사이의 거리는 1미터도 되지
않았다.

60대 남자 누나분 오심

2미터 이내 일어남

나는 자리에서 일어나 가방을 멨다.

헐 너는 착해서 안 낫는다니까

치료받고도 남한테 피해 줄까 봐 걱정

더 답하지 못하고 중환자실 앞을 떠났다. 그만 말하고 싶기도 했다. 어제 오전까지 H와 S는 나에게 기호가 아니었다. '혜빈'과 '수민'이라는 친구였다.

둘과 친구가 된 후, 병원에 혼자 오는 일이 거의 없었다. 둘 혹은 셋이 피 검사나 진료를 마치고 둘 혹은 셋이 C대 학생회관으로 가곤 했다. 구내식당에서 쫄면을 사 먹었다. 매점에서 학교 마크가 박힌 노트나 필기구를 샀다. C대에 다니는 학생이 된 것처럼 들떴다. H는 본관 앞 화단에 몰래 침을 뱉었다.

- 침으로 찜했어. 나 이 학교 경영학과 들어갈 거야.

H가 말했다. S와 나는 웃었다. S도 침을 뱉었다.

- 이 학교 애들이 내가 개발한 헤어스타일 화보를 보게 만들어야지.

S가 말했다. 둘이 나를 봤다. 나는 아무것도 할 수 없었다. 내 성적은 겨우 집에서 통학할 수 있는 수도권 대학에 들어갈 정도였다. C대

는 H처럼 수능 모의고사 2등급 이상이 되는 애들이나 꿈꿀 수 있는 학교였다. 나에겐 S 같은 꿈도 없었다. 아름다운 대학 캠퍼스에서 내가 꿈꿀 수 있는 건, 하루빨리 나아서 다시는 여기 오지 않는 것 정도였다.

H와 S는 피폭이 결정된 날도 나와 함께 병원에 왔다. 피폭되는 날 나의 좌우에서 2미터씩 떨어져 걸으며 함께하겠다고 약속했다. 피폭 장소와 시간을 각자의 스케줄 앱에 입력했다. 쉬는 시간이나 점심시간에 우리 반 내 자리로 찾아와서 피폭 2시간 뒤 먹을 수 있는 음식을 싸 올 당번을 정하기도 했다. 얼음물은 H, 수박을 잘라서 플라스틱 통에 담아 오는 건 S가 맡았다.

 - 나랑 손 닿으면 안 되니까, 작은 통 세 개에 나눠 담아 와. 정말 고맙다.

 - 고맙다는 말 그만해.

 - 어려울 때 함께해야 친구지.

나는 둘의 우정에 감동했다.

 - 이정음, 뻔질나게 찾아오는 걔네들…….

짝 E가 불쑥 말을 꺼냈다. E는 틈만 나면 도서관에서 빌린 소설을 읽는 애였다. 소설에 빠져서 콧물 닦는 걸 잊다가 교복 치마에 떨어뜨리기도 했다. 우리 반에서 핸드폰을 가지고 다니지 않는 유일한 인간 E.

- 아, 떠들어서 방해됐지. 미안.
- 방해된 건 별로 없고, 너 정말 걔들이랑 병원 가니?
- 어. 왜?
- 난 걔들이랑 가는 거 별로.

E가 고개를 가로저으며 말했다. 나는 좀 불쾌했다. E는 그냥 짝이었다. 내가 누구랑 병원에 가든지 상관할 사이는 아닌 듯했다.

S는 피폭 선물이라며 미용 도구를 가져와 앞머리를 정성스럽게 잘라 주었다. 이 세상이 살 만한 곳이라는 생각이 들었다. 엄마와 정우에게 함께 비를 맞는 우정을 얘기했다. 피폭에 대한 두려움이 조금은 수그러들었다.

그리고 어제 쉬는 시간, 둘은 함께 갈 수 없다고 알려 왔다. H는 보충수업에 빠질 수 없고 S는 미용 학원 특강 때문이라고 했다. 씁쓸했다. 보충수업은 생활기록부 출결 상황에 들어가는 것도 아니었다. 게

다가 H네 담임은 평소에도 보충수업을 잘 빼 줬다. 말만 하면 빠질 수 있는 게 방학 보충이었다. 미용 학원 특강도 아침 일찍 있을 것 같지 않았다. S는 일찍 일어나는 게 힘들어 방학 때도 야간반으로 학원에 다니는 애였다. 나와 병원에 간다는 핑계로 학원을 빠진 것도 여러 번이었다.

- 응, 안 그래도 혼자 가려고 했어. 너희들 피폭시킬까 봐.

나는 애써 덤덤하게 말했다.

'쟤들 엄마가 말렸을까?'

'누가 먼저 가지 말자고 했을까?'

'2미터 넘게 떨어져도 위험하다고 인터넷에 올라와 있나?'

여러 가지 생각이 머릿속을 스쳐 갔다.

- 쟤네 완전 헐이다.

둘이 돌아간 뒤, 짝 E가 말했다.

- 너 책 보는 거 아니었어?

내가 물었다. E가 보던 책을 덮었다.

- 쟤네랑 놀지 마.

E는 오른손을 머리 가까이 대고 빙빙 돌리며, H와 S가 제정신이 아

니라는 표시를 했다.

나는 E에게 들켜 버린 게 싫었다. E가 틀렸다. H와 S는 제정신이었다. 인파에서 나와 잠깐이라도 2미터를 벌리지 못할 수 있었다. 수박을 담은 통을 주고받다가, 얼린 생수병을 전해 주다가 무슨 일이 생길지 예측할 수 없는 상황이었다.

H와 S가 내 마음 한가운데서 2미터 밖으로 물러나 버렸다. 저만치 떨어진 그들이 작아 보이는 게 아니라, 내가 조그만 존재로 줄어든 것만 같았다. 쓸쓸하고 초라했다. 그래도 둘 앞에서 나는 친구를 연기할 것이다. 혼자가 되는 것보다는 나을 테니까.

중환자실 앞을 벗어나자마자 사람들과 거리를 벌리기 어려워졌다. 내 몸 상태에 무지한 이들은 경계심 없이 반경 2미터 안으로 발을 들여놓았다. 해를 덜 끼치려고 달렸다. 숨이 찰 땐 뒷사람과 2미터를 벌리지 않아도 되는 벽이나 기둥에 기대서 쉬었다. 무기를 들고 나를 따라오는 누군가에게 나의 동선을 들키지 않으려는 것처럼. 내 반경 2미터에 붉은색 레이저 빔이 표시되고, '접근 금지, 붉은 선 안으로 들어오면 피폭될 수 있음.' 하고 안내 방송이 나오는 상상을 했다. 그게 가능하다면 사람들은 나를 전염병 환자 보듯 할 것이다. 그래도 그게 나을 것 같았다. 아무 잘못도 하지 않은 누군가에게 피해를 주는 것보다는.

본관 회전문 앞에선 숨이 턱까지 차올랐다. 나도 모르게 셔틀버스를 타는 쪽으로 움직였다. 근처 지하철역까지 무료로 데려다주는 버스였다. 나는 촘촘히 서 있는 사람들을 보고 멈칫했다. 2미터는커녕 20센티미터도 떨어지지 않은 채 셔틀을 기다리고 있었다. 거리를 자각할 수 없었던 수많은 시간을, 나는 이토록 타인과 가깝게 보냈던 것이다.

장례식장 쪽으로 걸음을 옮겼다. 장례식장 옆에서 대학 본관 쪽으로 가는 오솔길이 떠올랐기 때문이다. H나 S와 이 길을 따라 대학 본관으로 넘어가곤 했다. 오솔길에는 다행히 아무도 없었다. 나는 천천히 걸었다. 2미터 반경 안에 있는 건 나무와 풀, 그리고 그 사이에 깃든 새와 벌레뿐이었다. 안내문에 동물도 피폭될 수 있으니 멀리하라는 말은 없었다.

'왜 동물과 거리를 벌리라는 말은 없지? 갓 태어난 강아지는 아기보다 작잖아.'

텔레비전 화면으로 본, 후쿠시마에 버려진 동물들이 떠올랐다. 나는 새와 벌레가 피폭되지 않도록 빨리 움직였다. 무거운 가방이 어깨를 짓누르는 것 같았다. 다리가 후들거렸다. 어디든 앉고 싶었다. 저 앞에 아무도 앉지 않은 벤치가 하나 있었다. 서둘러 그쪽으로 가서 앉았다.

"으윽."

벤치에 닿은, 반바지 아래 맨살이 델 것 같았다. 눈이 부셨다. 나는 눈을 감고 숨을 골랐다. 가방에서 우산을 꺼냈다. 우산으로 해를 가렸다. 핸드폰을 꺼냈다. H와 S가 단톡방에 올린 상투적인 이모티콘이 화면에 가득했다.

누나, 지금 어디?

정우 카톡이었다.

병원에서 막 나옴
엄마한테 말 안 했지?

어, 엄만 오자마자 타이레놀이랑

쌍화탕 먹고 잠들었어

몸살 났나?

그런 것 같음

누난 괜찮아?

그럭저럭

　대학 병원에서 진단을 받고 집에 가던 날이 떠올랐다. 밤새워 일한 엄마가 지하철에서 조는 바람에 나는 쓰러질 수가 없었다.

　'오늘도 엄마가 먼저 뻗는구나.'

　조금 쓸쓸했다. 그래도 괜찮았다. 나는 이제 열여덟 살이다. 대학 병원 암 병동에는 나보다 어린 나이에 홀로 암과 싸우는 아이들이 있다. 그들의 큰 어려움을 가져와 위안으로 삼는 게 미안하지만, 오늘

하루는 그런 위안이 있어야 버틸 것 같았다.

            너도 맛없는 거 먹느라고 그동안 고생했다

                        얼른 라면 먹어

응

정우랑 엄마도 2주 동안 요오드 제한식을 했다.

- 혼자 하면 외로우니 셋이 다 하자. 함께 비를 맞는 게 친구다.

엄마가 비장하게 말해 버렸기 때문이다. 정우는 거의 매일 밤 라면을 먹는 애다. 라면 금단 현상으로 괴로워했다. 엄마는 요오드 제한식을 잘 먹지 못했다. 입술이 부르텄다. 상 위에 오른 한우 스테이크는 나만 먹을 수 있었다. 정우는 달걀 프라이를 먹으며 부러운 눈길을 보냈다.

- 한우 스테이크는 그레이브스 씨 거다. 잘 먹어야 누나 몸에서 순하게 떠난다.

- 그냥 같이 먹어. 짜증 나.

나는 두 사람을 여러 번 말렸다. 제발 요오드 제한식을 먹지 말라고 부탁했다.

– 아니야. 이거라도 같이 해야지.

엄마는 고집을 꺾지 않았다. 정우도 한우 스테이크에 젓가락을 대지 않았다. 나 때문에 다른 사람이 불편해지는 게 싫었다. 별 위로도 되지 않았다. 엄마는 내게 닥친 큰비를 헛짚은 것 같았다. 나는 피폭 후 48시간이 가장 두려웠다. 모두와 2미터를 벌려야 하는 그 시간, 숨 쉬는 것만으로도 주위에 피해를 줄 수밖에 없는 그 시간……. 막막하고 외로울 것 같았다.

H와 S가 따라온다고 해도 피폭 후 2시간이 지나 음식을 먹을 수 있게 되면 헤어질 작정이었다. 오래 함께 있었다가 나중에라도 둘 중 누군가에게 갑상선 기능 이상이 오면, 왠지 내 잘못인 것 같아 괴로워질 수도 있으니까.

이정음, 피폭 잘 끝났어?

괜찮아?

누군가의 문자가 도착했다. 모르는 번호였다.

'혹시 아빠?'

제일 먼저 떠오른 생각이었다. 모르는 번호로 오늘 내 상황을 물을 사람이 달리 떠오르지 않았다. 그새 아빠 번호가 바뀌었거나, 요금을 내지 못해 다른 사람 핸드폰을 이용할 수도 있을 것 같았다.

누구세요?

내가 답했다.

응, 나 인애

'인애?'

인애가 누굴까. 내가 아는 인애는 짝 E뿐이다.

김인애?

응, 참 내 번호 모르지

할머니랑 같이 쓰는 거라

어…… 고마워. 기억해 줘서. 잘 끝났어

보충 시간이잖아 샘한테 걸리면 혼나니까

문자 그만해

나 학교 안 갔어

왜?

너 때문에

나 때문에?

응. 고개 들고 왼쪽을 봐

나는 고개를 들고 오솔길 왼쪽을 봤다.

"어!"

김인애였다. 김인애가 저만큼 있었다. 10미터쯤 떨어진 길에 서서, 선글라스를 낀 채 손을 흔들고 있었다. 나는 김인애와 마주 본 채 전화를 하기 시작했다.

"김인애, 너 왜 여기 있어?"

"너 때문에."

"나 때문에 여길 왔다고?"

"어, 너 쓰러질까 봐 걱정돼서."

어이가 없었다. 우리는 친구가 아니었다. 그냥 우연히 짝이 되어 나란히 앉은 애들이었다.

"언제부터 나 따라온 거야?"

"아까 병원 회전문 앞에서부터. 옆에 누가 있으면 그냥 가려고 했는데, 아무도 없어서 따라왔어."

"믿어지지 않아."

"믿어. 나 네 짝 김인애야. 귀신 아니라 진짜 인애."

김인애가 자기 볼을 꼬집으며 말했다. 나는 가만히 김인애를 보았다. 김인애도 고개를 들고 나를 바라봤다. 눈을 마주치는 게 불편했다. 다 들켜 버렸다. 친구도 가족도 없이 혼자 이렇게 있는 걸. 목욕탕에서 발가벗은 채 아는 사람을 만난 것처럼, 아니 그보다 더 부끄러웠다.

"너 몇 시에 피폭?"

"9시 15분쯤."

"지금 그 자리 불안해. 땡볕에서 어서 벗어나면 좋겠어."

"왜?"

"너는 앞으로 한 시간 17분 동안 어떤 음식물도 섭취할 수가 없잖아. 탈수를 조심해야 해. 쓰러지면 내가 곤란해. 너를 구조하러 가야 하나, 아니면 119에 전화를 해야 하나 고민해야 되잖아. 어쩌면 너를 구조하러 가서 내가 피폭될지 몰라. 그러니까 얼른 그 자리를 벗어나 주길 바란다."

눈앞에 두고도 믿어지지 않았다. 김인애가 나를 보호하려고 거기서 있다는 게.

"진짜로 나 때문에 온 거야?"

"그래. 너 혼자 길에서 쓰러질까 봐 왔다니까. 전에 우리 할머니 병원에서 금식하고 피 검사하고 혼자 집에 오다가 쓰러진 적 있거든. 이렇게 더운 날. 그때 식겁해서 곪은 사람 혼자 병원 가는 거 무서워. 담임한테는 개인 사정으로 하루 빠진다고 했어. 어서 직사광선이 쏟아지는 그 자리를 벗어나 주길 바란다."

나는 자리에서 일어나 앞으로 걸었다. 김인애는 스무 걸음쯤 뒤에서 나를 따라왔다. 나는 100미터쯤 움직이다가 오솔길 안쪽, 조그만 뜰로 갔다. 가운데 정자가 있는 둥근 뜰이었다. 뜰은 울창한 나무로 둘러싸여 있었다. 작년 이맘때는 H, S와 이 둥근 뜰에 왔다. H는 이 뜰에도 침을 뱉었다. 캠퍼스 커플이 되어서 여기서 데이트를 할 거고.

나는 정자에 걸터앉았다. 고개를 들어 보니 내게서 5미터쯤 떨어진 뜰 입구에 김인애가 서 있었다. 이 뜰 안에 우리 둘뿐이었다.

"거기 좋아. 여기서는 너랑 10미터를 벌릴 수 없다. 그래도 괜찮아. 2미터보단 한참 밖이니까."

전화하지 않아도 목소리를 들을 수 있었다. 나는 가만히 김인애를 보았다. 김인애가 선 곳은 땡볕 아래였다. 김인애가 가방을 열더니 주섬주섬 무언가를 꺼냈다. 검은 비닐로 싼, 묵직해 보이는 것이었다. 비닐 안에는 수건으로 둘둘 만 게 들어 있었다. 수건을 벗기니 생수 두

병이 나왔다. 냉동실에 통째로 넣어서 얼린 것이었다.

"이 수건 완전 시원하다. 너 주면 좋을 텐데."

김인애는 몇 초쯤 나를 바라보았다. 그러고는 그 수건으로 자기 얼굴을 닦았다.

"생수는 앞으로 한 시간 11분 뒤에 너에게 제공할 예정이야."

김인애는 가방 깊숙이 손을 넣어 무언가를 또 꺼냈다. 플라스틱 통이었다.

"이건 수박. 우리 집 과일 잘 못 사 먹거든. 근데 이모할머니가 며칠 전에 사 왔어. 반찬 냄새 안 나는 통은 못 찾았어. 수박에서 김치 냄새가 날 거야. 이해해 줘. 나 조손 가정."

김인애는 우리 단지에 산다. 모두 13평 복도식 아파트로 이루어진 임대 아파트 단지다. 좁은 싱크대에서, 아마도 하나뿐일 도마에 수박을 올려놓고 하나뿐일 식칼로 자르는 모습을 떠올렸다. 우리 집도 과일을 잘 못 사 먹는다. 요오드 제한식을 하는 나 때문에 엄마가 큰맘 먹고 산 수박에서도 마늘 냄새가 났다.

나는 고개를 숙였다. 생각지도 못한 사람에게 이런 마음을 받아 보는 건 처음이었다.

"정음아, 어지러워?"

"아니."

"그럼 고개를 들어 줘. 너를 부축하려고 나도 모르게 몸이 앞으로 나갈 뻔했어."

인애 목소리가 쩌렁쩌렁 울렸다. 나는 고개를 들고 주위에 누가 있나 살폈다. 정자 주변에는 우리 둘뿐이었다. 나는 신발을 벗고 정자 안쪽 구석, 인애에게서 가장 멀리 떨어질 수 있는 곳으로 갔다. 가방을 벗고 정자 난간에 몸을 기댔다.

"그 선글라스 네 거야?"

"아니, 우리 할머니 거. 혹시 너 구조하다가 내 눈이 피폭될까 봐."

인애 선글라스는 할머니들이 주로 쓰는, 양쪽에 나비 장식이 달린 것이었다.

"빌려줄까? 원하면 여기에 놓고 잠시 오던 길로 되돌아갔다 올 수도 있어. 그사이에 여기로 와서 네가 쓰면 오히려 더 가까운 방어막이 되겠지."

인애가 깊은 생각에 잠긴 얼굴로 말했다.

"됐거든. 저쪽 나무 아래 그늘로 가. 거기 땡볕이야."

나비 선글라스보다는 붕어눈이 나았다. 피식 웃음이 나왔다. 오늘 아침 눈을 떠서 처음 웃는 것 같았다.

5
지구인, 내 짝

"정음아, 복용한 방사성 요오드가 위에 고루 분포하도록 많이 움직여야 한다는데, 너 가만히 쉬어도 되는 거야?"

인애가 인쇄물을 읽으며 물었다. 내가 가진 안내문에 고스란히 나오는 문장이었다.

"너 그거 어디서 났어?"

"병원 홈페이지에서 출력했지."

나비 선글라스를 낀 두 눈 아래, 인애 얼굴은 한없이 진지했다. 안내문을 소설처럼 푹 빠져 읽다가 콧물을 떨어뜨릴 것만 같았다.

"위에 고루 분포하도록 많이 움직이셔야 합니다. 입원하신 경우에도 병실 내에서 많이 걷고 맨손체조를 하십시오. 정음아, 앉은 채로 맨손체조라도 해."

"됐어. 다른 사람 피폭시킬까 봐 엄청 뛰었어."

"그래? 그럼 혹시 너, 방사성 요오드 투여로 인한 일시적인 침샘의 부종, 피로, 어…… 오심, 구토, 미각 변화, 위염 등의 증상이 없니?"

나는 침을 삼켜 보았다. 특별히 통증이 느껴지진 않았다.

"배고프고 목말라. 덥고."

"그런 건 증상이 아니잖아. 다시 읽을게. 잘 생각해 봐. 침샘의 부종, 피로, 오심, 구토, 미각 변화, 위염 등의 증상이 없어?"

오심, 구토, 미각 변화, 위염……, 모두 나에게서 멀리 있는 세련된 증상 같았다. 내 몸이 간절하게 원하는 것은 물, 밥, 그리고 더위를 피해 누울 곳이었다.

"피곤해. 눕고 싶어."

"아, 피로라는 증상이 나타났구나. 일단 누워."

"여기서?"

"그래. 내가 망봐 줄게. 거기 그늘이니까 가방 베고 누워."

"……."

"정음아, 이런 증상은 가볍고 일시적인 경우가 대부분이래."

피폭에서 오는 피로는 가볍고 일시적일지도 모르겠다. 하지만 지난 4년 동안 내 피로는 무겁고 지속적이었다. 지하철을 타면 선반 위에 올라가서 눕는 상상을 했다. 학교에선 교실 바닥에, 운동회 날은 학교 벤치에 눕고 싶었다. 그건 진땀을 흘리며 제어해야 할 충동에 가까웠다. '분노 조절 장애' 같은 '눕고 싶음 욕구 조절 장애'. 덕분에 자연스럽게 혐오감이 줄어든 사람들이 있다. 공원 벤치나 지하도에 누운 노숙자, 그리고 버스나 지하철 자리를 두고 뻔뻔해지는 어른들.

나는 가방을 베고 누웠다. 지난 18년 동안 내가 누울 수 있었던 곳을 떠올려 보았다. 집, 엄마 아빠가 이혼하기 전에 갔던 여행지, 학교 보건실, 친할머니 집, 돌아가신 외할머니 집, 찜질방, 수학여행 숙소, 청소년 수련원……. 야외에서 누워 보는 건 처음이었다. 눕고 싶은 몸을 진땀 흘리며 제어하지 않는 것도.

바람이 불어 나뭇잎이 바스락댔다. 벌레가 팔을 타고 기어 올라왔다. 손바닥으로 벌레를 쓸어내렸다. 바람결에 앞머리가 날렸다. 붕어눈으로 바람이 와 닿았다. 아주 오랜만에, 마치 태어나 처음인 것처럼 바람을 편안하게 맞았다. 애써 잡생각을 쫓고 멍하니 누워 있었다. 그러다 불쑥 간장병이 떠올랐다. 화들짝 놀라 일어났다. 머리 무게에 눌린 간장병이 터지기라도 하면 큰일이니까. 나는 간장병을 가방에서 빼놓고 다시 누웠다. 인애는 뜰 입구 나무 그늘에 앉아 책을 읽었다. 나는 목 한가운데에 살그머니 손바닥을 대었다.

'아까 삼킨 방사성 요오드가 이제 갑상선에 도착했을까? 벌써 파괴하기 시작했을까?'

나는 그레이브스 씨가 소멸하는 모습과 연관된 이미지를 떠올렸다. 귀퉁이부터 서서히 타들어 가는 장작, 지우개질로 조금씩 사라지는 연필 자국, 그리고 백스페이스를 누를 때마다 한 자 한 자 사라져 가는 모니터 속 글자……. 갑상선 조직이 방사성 요오드로 파괴되는 방식은 백스페이스와 닮았을 것 같았다. 타다 남은 재, 지우개밥에 섞인 흑연 같은 걸 남기지 않고 죽어 갈 테니까.

지난 4년, 나는 병 때문에 아주 괴로웠지만 그만큼 병을 의지했다. 아프다는 핑계로 체육 수업을 여러 번 빠졌다. 청소와 심부름을 정우에게 떠넘겼다. 걸핏하면 그레이브스 씨에게 욕을 해 댔다. 성적, 친구 관계, 감정의 기복, 대학 입시, 늘어나는 체중……. 많은 문제를 그레이브스 씨에게 뒤집어씌웠다. 그러고는 그레이브스 씨가 드리워 주는 그늘에 숨어 버리곤 했다.

"여기 들어오시면 안 돼요."

인애가 누군가에게 말했다.

"왜?"

누군가는 할아버지였다.

"저기 누워 있는 사람 몸에서 방사성 물질이 나오거든요."

"뭐? 그게 무슨 소리야."

"2미터 안으로 접근하시면 피폭될 수 있어요."

'어휴.'

나는 오솔길 반대편을 보고 옆으로 누웠다.

"말도 안 되는 소리 하지 마라. 외계인도 아니고."

"맞는데요. 쟤 지구인, 내 짝이에요. 조금 전에 저기 병원 본관에서 피폭됐거든요."

"허허 참. 거짓말을 하려면 좀 그럴듯하게 해라."

누군가의 발소리가 조금씩 멀어졌다. 살그머니 눈을 떠 보았다. 정자 앞쪽엔 폭이 1미터쯤 되는 흙길이 있고 그 앞은 화단이었다. 화단에 뿌리박은 나무와 꽃, 잡초 그리고 화단 너머 축대를 움켜쥐고 자라는 담쟁이덩굴. 그게 나와 마주 보고 있는 모두였다. 나는 다시 눈을 감았다. 스르르 잠이 왔다.

'그레이브스 씨, 당신이 자꾸만 충동질했던 거 해 줄게요. 나 노숙자처럼 정자에 누웠어요. 그러니까 내 눈 들어가게 해 주고, 수치도 제자리로 놓아 주고 가요. 그러면 평생 은인으로 생각할게요. 우리 엄마가 당신한테 한우 스테이크 두 번이나 해 줬죠? 우리 집 프라이팬에 한우가 덩어리째 올라간 거, 아빠 사업 망하고 처음이거든요. 특별히 기억해 줘야 해요. 그동안 욕한 거 미안해요. 잘 가요.'

나는 정말 잠이 들었다. 꿈에서 나는 할머니 집 앞에 서 있었다. 납으로 된 문이 열리지 않았다. 골목으로 뻗은 감나무에서 깨진 벽돌이 떨어졌다. 담장을 빙빙 돌다가 바스러진 철판 틈으로 들어갔다. 들어가 보니 병실이었다. 잘 정돈된 1인실. 1인실에는 먹을 게 없었다. 하얀 벽을 더듬으며 숨겨진 냉장고 손잡이를 찾았다. 벽을 더듬고 있는데 병실 밖에서 인애 목소리가 들렸다.

"믿어지지 않으시면 아줌마가 옆에 가서 누우세요. 피폭이 되나 안 되나."

나는 눈을 떴다. 오전 11시 1분이었다. 50분 정도 잠을 잔 것 같았다. 나는 꿈에서 빠져나오며 인애와 누군가의 실랑이를 들었다.

"정자 독차지하려고 뻥치는 거 아니거든요."

"그렇게 위험하면 왜 돌아다니게 내버려 둬."

"그러니까요. 대한민국이 아직 복지 국가가 못 돼서 그래요."

'맞아, 왜 위험한 나를 맘대로 돌아다니게 하는 거지?'

누운 채로 누군가의 말을 곱씹었다. 국민의 안전을 위해, 나 같은 환자는 48시간쯤 국가에서 독방에 가둬야 했다. 죄수처럼 옷과 음식을 공짜로 제공하면서.

> 임산부나 미취학 소아가 있다면 접촉 제한 기간을 더욱 엄격히 지켜 주셔야 합니다. 귀가 후 수일 동안 성관계와 키스는 삼갑니다.

안내문에 굵은 글씨로 표시된 부분이었다. 엄격히 지키고 삼가야 할 일이 있다면, 환자의 인격에 맡길 일이 아니었다. 방사성 요오드를 삼킨 틈을 타서 원한을 품고 누군가의 아이를 48시간 동안 봐 줄 수도 있다. 혹시 어떤 임산부와 종일 붙어 있으면? 피폭 사실을 숨기고 누군가와 성관계와 키스를 아주 많이 한다면……?

문득 K가 떠올랐다. 지난겨울부터 봄까지 내 남자친구였던 K. K는 S와 같은 미용 학원에 다니는 애였다. 친절하고 유쾌했다.

- 네 눈 살짝 튀어나와 매력 있어. 가리지 않으면 좋겠다.

그 말이 마음을 움직였다. 연애라는 걸 한번 해 보고 싶기도 했다. K가 손을 잡았다. 별 느낌은 없었지만 내버려 두었다. 며칠 후엔 나를 안으려고 했다. 팔로 K를 밀어냈다. K 얼굴이 일그러졌다.

K는 건망증이 심했다. 약속 시간에 늦거나 돈을 가지고 오지 않는 날이 많았다. 내가 가진 몇천 원으로 편의점에서 허기를 때우곤 했다. K가 설 다음 날 10만 원을 빌려 달라고 했다. 몇 년 동안 모은 비상금과 세뱃돈을 합치면 그쯤 되었다. 나는 그 돈으로 C대 원서 접수를 할 계획이었다. C대 캠퍼스에서 환자가 아닌 다른 신분일 수 있는 유일한 기회였으니까. 공부 못하고 가난한 애가 비싼 응시료를 날린다고 손가락질을 해도, 꼭 해 보고 싶었다. C대 환자 등록 번호 말고 C대 지원자 수험 번호를 받아 보는 일을.

- 사흘 내로 갚을게.

K가 다짐하며 졸라 댔다. 마지못해 빌려주었다. 그리고 봄이 되도록 돌려받지 못했다. K는 연락을 피했다. 돈을 받으러 학원 앞으로 찾

아갔다. K가 나를 학원 건물 뒤쪽으로 데려갔다. 보고 싶었다며 억지로 키스하려고 했다. 팔로 밀어냈다. K가 나를 놔주지 않았다. 다시 키스하려고 했다. 나는 K의 정강이를 발로 찼다. 비명을 질렀다. 뒤돌아서 뛰었다. 그게 끝이었다. 10만 원은 끝내 돌려받지 못했다.

'그 인간한테 가서 키스하자고 할까?'

나에게도 원한이 있었다. K를 피폭시키고 싶은 충동이 일었다. 문득 클린트 이스트우드가 주인공으로 나온 영화가 생각났다. 1학년 기말고사 다음 날 국어 선생님이 틀어 준 영화, 〈그랜 토리노〉. 고해성사 하는 장면이 인상적이었다. 죽은 아내를 엄청 그리워하는 할아버지 클린트 이스트우드는 죽음을 각오한 뒤 신부에게 고백했다. 몇십 년 전 아내가 아닌 다른 여자랑 키스한 적이 있고, 세금 납부를 한 번 안 한 적이 있다고. 나는 그 장면 때문에 주인공이 더 매력적이고 인간적으로 느껴졌다.

'죽기 전에 신자가 되는 거야. 그리고 신부님에게 고백하는 거야. 옛날에 내 돈 떼먹은 놈에게 복수했다고. 억지로 스킨십을 하려던 전 남친을 피폭시킨 적이 있다고.'

가슴이 두근거렸다. 짜릿했다. 누군가에게 피해를 줄까 봐 무거운 가방을 메고 기둥 뒤에 숨은 조금 전의 나와, K에게 피폭 키스를 하려는 내가 같은 사람인가 싶었다. 나는 핸드폰을 열고 연락처를 검색했다. K의 번호가 아직 있었다. 내 돈을 떼먹은 뒤 S와 함께 다니던 그 학원에도 나타나지 않는다니, 아마도 오늘 내 침에 뭐가 섞였는지 모를 것이다.

'잘 지냈니? 가끔 너를 생각해.'

'오늘 혹시 시간 되니?'

'갑자기 네 생각이 난다.'

나는 K를 유인할 적절한 말을 찾으려고 머리를 굴리기 시작했다. 내 침이 흉기인, 다시 오지 않을 기회였다.

"인애야."

내가 옆으로 누운 채 입을 열었다.

"어, 일어났어? 이제 8분 후면 얼음물과 수박을 제공할 수 있어."

"인애야."

"왜 자꾸 불러."

"있잖아, 나 오늘 어느 나쁜 인간한테 키스해도 될까?"

"어?"

인애가 자리에서 일어나 내 쪽으로 다가오다가, 다시 자리에 주저앉았다.

"놀라서 깜빡하고 네 옆으로 갈 뻔했잖아. 어떻게 나쁜데?"

"돈 떼먹고……."

"얼마?"

"10만 원."

"그게 다야?"

"아니……, 억지로 스킨십."

"나쁜 놈이네."

"인애야, 오늘 내 침은 방사성 요오드 농축액이야. 키스해 버릴까?"

"어, 좋은 생각이야. 나쁜 놈 피폭시켜 버려. 요오드 농축액은 바로 효과가 나타나나?"

"아닐 거야. 내가 먹은 게 소량이라."

"아깝다. 바로 효과가 나타나면 좋을 텐데."

"피폭 사실을 숨기고 키스하면 죄인가?"

"죄라고? 글쎄 그게 죄라면……, 아마 상해죄? 사기? 핸드폰으로 검색해 봐. 내 폰은 우리 할머니 효도폰이라서 검색이 안 돼."

나는 포털 사이트를 열고 검색어를 입력했다.

피폭 키스 사기 상해

웹 문서 다섯 개가 열렸다. 금감원이 자동차보험 상해 사기를 적발했다는 내용, 중국 상해 놀이공원에서 어떤 여자 연예인이 남자 연예인에게 기습 키스를 했다는 내용 따위였다. 만화 캐릭터 호머 심슨이 잦은 피폭과 폭음으로 알츠하이머에 걸린다는 문서도 있었다.

'심슨이 잦은 피폭으로 알츠하이머?'

심슨과 나는 눈이 튀어나온 것 말고도 '피폭'이라는 공통점이 있었다. 나는 평생 단 한 번이니까, 아주 적은 양이니까, 알츠하이머 따위와는 상관없다고 믿고 싶었다.

"안 나오는데?"

"아마 사기죄 아니면 상해죄일 거야. 그리고 정음아 키스는, 사랑하는 사람하고 해야지."

나는 간장병을 보며 우두커니 앉았다. 인애 말이 맞았다. 사랑하지 않는 K와 원한 때문에 키스하고 싶진 않았다. 더구나 첫 키스를. K를 향한 복수심은 그렇게 잦아들었다. 그 대신 갈증과 허기가 몰려왔다. C대 학생회관 쫄면이랑 딸려 나오는 우동 국물이 먹고 싶었다. 2천5백 원짜리 C대 쫄면.

"정음아, 잠깐 일어나서 정자 밖 화단 쪽으로 바짝 붙어 줄래? 너에게 물과 수박을 제공하려고."

인애 말대로 나는 일어나 화단 쪽으로 물러났다. 인애가 정자 가운데에 생수와 수박, 그리고 일회용 숟가락과 포크 하나를 올려놓고 후다닥 원래 있던 자리로 돌아갔다.

"숟가락은 왜?"

"쓸 데가 있을지도 몰라. 그릇을 들고 수박 물을 마시면, 수박씨까지 목으로 들어갈 수 있으니까. 우리 집 싱크대 구석에 처박혀 있던 건데 어제 내가 씻었어. 이제 먹어도 돼."

어느새 11시 15분이었다. 잠깐 움직였는데도 땀이 흘렀다. 나는 정자로 돌아가 수박이 담긴 통을 열었다. 뚜껑을 둘러싼 고무에 거무죽죽하게 때가 끼어 있었다. 포크는 손잡이에 박힌 장식이 반쯤 떨어져 나간 것이었다. 포크로 수박을 찍어 입에 넣었다. 맛있었다. 핵의학과에서 마신 물 말고는, 오늘 처음 먹는 음식이었다.

"맛있다. 고마워."

나는 수박을 남김없이 먹었다. 통에 남은 물을 숟가락으로 떠먹었다.

"그릇이랑 포크는 나중에 돌려주기 바란다. 지금은 네 땀과 침 때문에 위험하잖아. 일회용 숟가락은 너 가져도 돼. 버리든지."

인애가 고개를 뒤로 빼고 슬금슬금 나에게서 멀어졌다.

"아."

나는 그제야 내 위치를 각성했다. 나는 정자 가운데서 수박과 물을 먹고 있었다. 인애 쪽으로 2미터쯤 다가간 것이었다. 나는 다시 누웠던 자리로 물러나 앉았다. 인애와 5미터쯤 떨어졌다.

"휴우."

인애는 그제야 원래 있던 그늘에 편히 앉았다. 좀 서운했다. 곁에 있어 주는 사람에게 더 서운해하는 건 옳지 못했다. 그래도 자꾸 원망은 그렇게 흘렀다. 아빠보다는 엄마에게, H나 S보다는 내 눈앞에서 자꾸 뒷걸음질 치는 인애에게.

"피폭될까 봐 걱정되지? 그만 가."

나는 조금 싸늘하게 말했다.

"안 돼."

"왜?"

"배고픈데 집에 갈 차비밖에 없어. 교통카드 충전을 못 해서 아슬아슬."

"그래서 어떡하라고."

"편의점에서 컵라면 하나만 사 줘."

"뭐?"

"이 지도에 있는 편의점에서 사 주면 돼. 병원 오는 길에 답사하면서 그렸어. 잠깐만 다시 뒤로 물러나 있을래? 네 앞에 지도를 올려놓을게."

나는 다시 자리에서 일어나 인애에게서 멀리 떨어졌다. 인애가 정자 한가운데 종이 한 장을 내려놓았다. 그러고는 다시 물러났다.

"인제 와서 봐. 그 지도는 네가 가지면 돼. 나는 머릿속에 있으니까."

종이에는 병원 본관에서 C대 정문 앞 사거리까지 가는 길이, 뒷장에는 사거리가 크게 그려져 있었다. 4차선 도로를 사이에 두고 마주 본 편의점 두 개도. 인애는 우리 둘이 10미터 간격을 유지한 채 사거리까지 가서 편의점 컵라면값은 내가 지불하는 방법을 구체적으로 설명했다. 한 단계 한 단계 번호를 붙여 가며 자세히 말하고는 마지막으로 요약정리를 했다. 그 계획에 필요한 소품을 내가 적절한 위치에 지니도록 지시했다. 자기 몸을 움직여 직접 보여 주었다. 컵라면 하나를 안전하게 얻어먹기 위한 인애의 계획은 치밀하고 방대했다.

"허어."

놀라웠다. 인애는 정말 대단했다.

6

격리될 수 있는 평화를 향해

인애가 나와의 거리를 어떻게 유지했는지 모르겠다. 나는 낯선 사람들과 2미터 이상 벌리는 데 집중했기 때문이다. 먼저 편의점에 가 있으라고 말해도 소용없었다. 내가 혹시 쓰러지면 119에 신고해야 한다면서, "금식과 피폭으로 지친 너를 두고 혼자 갈 수 없다."고 고집을 피웠다.

우리는 약속한 대로 C대 정문에서 만났다. 인애는 나보다 30초 정도 뒤에 도착했다. 정말 10미터 간격을 유지하며 온 것 같았다. 나는 광고지가 너덜너덜 붙어 있는 왼쪽 기둥에, 인애는 교명이 박혀 있는 오른쪽 기둥에 서서 서로를 바라보았다.

교문 앞은 땡볕이었다. 아스팔트에서 내뿜는 열기와 바로 앞 도로를 지나가는 자동차 열기로 체감 온도가 40도에 육박하는 것 같았다. 인애는 약속대로 오른손을 들어서 쥐었다가 폈다. 나에게 먼저 길을 건너 모퉁이 편의점으로 들어가라는 것이었다. 나는 편의점 앞에서 주머니에 넣어 두었던 물티슈를 꺼냈다. 한 장을 뽑아 손과 얼굴을 닦았다. 모두 인애의 치밀하고 방대한 '이정음에게 피폭되지 않게 컵라면 얻어먹는 방법'에 들어 있는 단계였다.

편의점에 들어가자마자 인애가 미리 봐 둔 창가 탁자 아래 휴지통에 물티슈를 버렸다. 그러고는 서둘러 컵라면과 탄산수를 하나씩 골랐다. 계산대에 내려놓고 한 걸음 뒤로 물러섰다. 점원은 20대로 보이는 여성이었다. 임신 초기일지도 몰랐다. 나는 다시 물티슈를 꺼내 손을 닦은 다음 엄마가 준 신용카드를 내밀었다. 그러고는 핸드폰 메모장 화면을 열고, 점원 눈앞 30센티미터 즈음에 화면이 오도록 했다.

저는 지금 저 병원에서 특별 치료를 받아 당신과 대화가 곤란합니다.
제가 여기서 나간 후 몇 분 내로 제 친구가 올 겁니다.
이름은 김인애입니다.

학생증이 있으니 신분을 확인하세요.

이걸 그 친구에게 주세요.

저는 함께 있을 수 없는 상황입니다.

그리고 제 카드 만진 손은 바로 닦으세요.

아주 소량이지만, 당신에게 피해를 줄 수도 있으니까요.

메모장을 읽은 점원은, 멈칫하더니 뒤로 물러났다. 그러고는 나를 위아래로 훑어봤다.

'혹시 미친 사람인가?'

이렇게 생각하는 것 같았다. 인애는 여기서 점원의 반응이 셋 중 하나일 거라고 했다. 첫째, 판매와 계산을 거부한다. 둘째, 뭔지 모르지만 찜찜해서 얼른 계산해 주고 손 씻고 만다. 셋째, 내가 누군가에게 괴롭힘을 당하며 돈을 뜯기는 줄 알고 걱정한다.

"애, 너 혹시 빵셔틀 같은 거 당하니? 경찰에 신고해 줄까?"

점원이 물었다. 나는 고개를 저었다. 그러고는 한 발 뒤로 물러나 준비한 소품, 〈방사성 요오드 치료에 관한 환자 안내문〉을 펼쳐 보였다. 점원은 그제야 찜찜한 얼굴로 계산을 했다. 그러고는 내 쪽으로 카드를 던지듯 밀었다. 나는 카드를 집었다. 재빨리 편의점에서 나왔다. 편의점 안에서 누군가와 2미터를 벌리는 건 불가능했기 때문에 최대한 빨리 움직여 접촉 시간을 줄여야 했다. 길로 나오니 5미터쯤 앞, 가로수 옆에 인애가 있었다. 나는 뒤로 몇 미터쯤 물러났다. 인애가 편의점으로 들어갔다. 나는 애써 사람들과 거리를 벌리며 신호가 바뀌기를 기다렸다. 그러고는 뜨거운 아스팔트 건널목을 성큼성큼 걸었다.

건너편에도 편의점이 있었다. 나는 다시 물티슈로 손을 닦고 팔로 문을 밀고 들어갔다. 카운터에는 50대로 보이는 남자가 있었다. 임신부일 가능성이 없는 남자. 나는 재빨리 냉장고로 가서 레몬주스를 꺼냈다. 레몬주스는 지금 내가 꼭 마셔야 하는 음료수다. 방사성 요오드를 삼킨 다음 잘못하면 침샘에 염증이 생기기 때문이다. 그걸 막기 위해 24시간 동안 물을 3리터에서 4리터 정도 마셔야 한다. 레몬주스처럼 신 걸 먹어서 침이 잘 나오도록 하면 침샘염을 막을 수 있다. 계산대에 선 사람, 나에 대한 경계심 없이 진열대 사이를 누비는 사람들 때문에 바짝 긴장했다. 나는 이리저리 사람들을 피해 몇 분 만에 겨우 계산을 했다.

서둘러 편의점을 나왔다. 건너편 편의점 창가에 앉은 인애와 마주볼 수 있는, 편의점 앞턱에 걸터앉았다. 차양이 드리운 좁은 그늘에 숨을 수 있도록 몸을 웅크렸다. 가방을 벗어서 옆에 두고 레몬주스 뚜껑을 열었다.

'15미터? 17미터?'

오솔길 벤치에서 만난 뒤, 인애와 가장 멀리 떨어져 있는 것 같았다. 핸드폰이 울렸다. 인애가 보낸 문자였다.

카운터에 있는 언니가 자꾸 나를 봐

너 삥 뜯은 앤가 의심하는 것 같아

아니라고 했는데

삥 뜯기는 애들은 원래 거짓말하잖아

무서워서 빨리 먹고 튀어야겠어

경찰을 부를 수도 있다

주스를 마시며 길 건너 인애를 보았다. 인애 얼굴이 무언가로 가려져 있었다. 면발을 다 건져 먹고 국물을 마시고 있는 것 같았다. 인애는 곧 저 자리를 떠나 집으로 돌아갈 것이다. 그러고 나면 내가 이 자리에서 일어나 할머니네 집으로 가는 버스를 타는 게, '이정음에게 피폭되지 않게 컵라면 얻어먹는 방법'의 마지막 단계였다.

                                        너 혹시 고선우 알아?

고선우?

                                        어, 머리숱이 엄청 적어. 엄청 가늘고
                            특정 부위가 빠진 게 아니라 전체적으로 밀도가 낮아
                            길에서 혹시 우리 또래, 그런 남자애 만나면 잘 봐 둬

왜?

                                        아주 훌륭한 애거든. 사귀어도 좋을 거야

첫사랑이야?

어…… 그런 것도 같고

헐. 근데 왜 나보고 사귀래

난 선우 보기 부끄러워

선우는 모자 안 쓰고 버틸 거라고 했는데

나는 맨날 앞머리로 붕어눈 가리니까

난 찌질해서 선우가 나타나도 못 사귀어

알았어. 숱 적은 남자 잘 보고 다닐게

할머니 집에 무사히 도착하면 문자해

우리 할머니 효도폰 무료 문자 한 달에 300개

무제한 카톡이 아니라고

답장은 못 할 거야. 안녕

인애가 자리에서 일어났다. 편의점 밖으로 나왔다. 내 쪽을 보며 손을 흔들었다. 나도 손을 흔들었다. 인애가 시야 왼쪽으로 조금씩 움직였다. 그러고는 완전히 사라졌다.

"아아."

선우처럼 오래오래 인애를 기억할 것 같았다. 나는 다시 혼자가 되었다.

'할머니네로 가는 버스 정류장이 어디지?'

나는 사거리 곳곳에 널린 정류장을 빙 둘러보았다. 핸드폰 메모장을 열었다.

'C대 앞 정류장 시청 반대 방향'

할머니네로 가는 버스가 서는 곳이었다. 나는 버스 정류장 쪽으로 움직였다. 격리될 수 있는 평화를 향해, 있는 힘껏 발을 내디뎠다.

정류장은 차로 가운데 있었다. 병원에 올 때마다 가로지른 길이었다. 중앙에서 버스를 기다리는 건 처음이었다. 사람들은 정류장 지붕이 만들어 낸 좁은 그늘에 모여 있었다. 달궈진 아스팔트와 그 위를 달리는 자동차가 내뿜는 열기는 엄청났다. 그늘로 들어가고 싶었다. 하지만 거기에서는 사람들과 바짝 붙어 서야 했다. 나는 버스 도착 예정 시간을 알리는 전광판을 올려다보았다.

154 4분

다행이었다. 4분만 버티면 냉방이 잘된 버스로 들어갈 수 있다. 나는 긴 정류장 끝, 모두와 2미터 이상 벌어진 곳에 섰다. 눈이 부셨다. 해를 등지고 돌아섰다. 이마에서 흐른 땀이 얼굴을 타고 흘렀다. 눈으로 들어가진 않았다. 안구가 앞으로 튀어나와 처마 역할을 해 주기 때문이다. 땀 때문에 눈이 따가운 것쯤은 얼마든지 감수할 수 있다. 눈만 제자리로 들어간다면.

땀에 젖은 티셔츠가 몸에 찰싹 달라붙었다. 울룩불룩한 몸의 윤곽이 드러나는 게 부끄러웠다. 나는 살을 조금도 빼지 못했다. 재발과 약물치료가 반복되면서 살은 오히려 더 쪘다. 정상 체중이 되려면 15 킬로그램을 줄여야 한다. 가난한 내 인생에 넘치는 게 있다면, 체지방과 갑상선 호르몬이다. 둘 다 쓸데없이 많아 사는 게 힘들다.

곧 도착 : 154

전광판 글씨가 구조 신호처럼 느껴졌다. 154번이 속도를 줄이며 달려왔다. 정류장 가운데쯤 정차했다. 하차를 기다리는 사람들 빼고는 버스에 서 있는 사람은 없어 보였다. 더운 평일 한낮이어서 한산한 것 같았다. 그래도 마지막에 타는 게 나을 것이다. 내가 먼저 자리를 잡았는데 누군가 옆에 앉거나 서면 꼼짝할 수 없으니까. 나는 천천히 걸음을 내디뎠다.

정류장 그늘에 있던 사람들이 154번 쪽으로 몰려들었다. 스무 명 남짓한 사람들이 금세 줄지어 섰다. 가슴이 철렁했다. 이렇게 많은 사람이 모두 나와 같은 버스를 기다릴 거라고 미처 생각하지 못했다.

'그냥 타?'

'타도 될까?'

'타지 않고 버틸 수 있을까?'

'그냥 타?'

문장 몇 개가 머릿속에서 다람쥐 쳇바퀴처럼 돌았다. 나는 대열의

끝, 어떤 아저씨 뒤에 섰다. 내 뒤로 누군가가 바짝 붙어 섰다. 그 누군가가 임신부일까 봐 두려웠다. 고개를 돌리지 않고 앞만 봤다. 점점 승차 속도가 늦어졌다. 사람들이 운전석 근처까지 들어찼다.

"후우."

나는 슬그머니 대열에서 빠져나왔다. 그러고는 정류장 끝 아까 그 자리로 돌아왔다. 이제 와서 2미터를 무너뜨릴 순 없었다. 버스는 정류장 앞이나 병원 로비처럼 스치듯 지나갈 수 있는 곳이 아니었다. 누군가와 가까이 오랜 시간을 보낼 가능성이 높은, 닫힌 공간이었다.

가방이 어깨를 짓눌렀다. 나는 가방에서 우산을 꺼냈다. 검정 우산을 펼쳐서 어깨에 걸쳤다. 맞은편에 버스가 정차했다. 좌석에 앉은 할머니가 창 너머로 나를 바라보았다. 나는 고개를 떨궜다. 검은 우산을 어깨에 걸치고 무거운 가방을 멘 채 차로 한복판에 서 있는, 땀에 전 티셔츠가 살찐 몸통에 달라붙은 여자 사람……. 그게 나였다. 이마에서 떨어진 땀이 빗방울처럼 바닥에 툭 떨어졌다.

"더 못 버티겠어요. 양심이 있다면 좀 도와주세요."

나는 조그맣게 중얼거렸다. 그레이브스 씨에게 한 부탁은 아니었다. 태어나 처음 신에게 한 부탁이었다.

"자리 많이 빈 버스 안 오면 포기하고 택시 탈 겁니다."

신이 내 부탁을 들어주기 위해선 갑자기 모든 사람을 내리게 하고, 아무도 타지 못하게 해야 했다. 그게 아니면 차고지에 있는 버스 한 대가 공중을 날아 이 정류장에 사뿐히 착륙하거나.

"당신이 특별히 사랑하는 인간이 그 택시 기사라도 어쩔 수 없어요. 택시에선 자리를 이리저리 옮길 수도 없고, 길이 밀리면 오래 같이 있어야 되는 거 아시죠."

나는 택시 기사를 인질 삼아 신을 협박했다.

"꼭 이번에 오는 버스여야 해요. 저는 더 버티기 힘들거든요."

협상 조건을 다시 한번 못 박았다. 그러고는 남은 레몬주스를 모두 마셨다. 손아귀에 힘을 주어 빈 페트병을 우그러뜨렸다. 신에게 최대한 불량해 보이도록.

154번은 정류장 뒤쪽에 정차했다. 몇 사람이 내렸다. 사람들이 드문드문 앉아 있었다. 나는 우산을 접고 사람들이 타기를 기다렸다. 정류장 앞쪽에서 사람들이 달려왔다. 사람들은 154번 앞쪽에 선 버스에 줄지어 올라탔다. 154번 버스에 탈 사람은 나를 포함해 셋뿐이었다. 나는 버스에 올라탔다. 카드를 찍고 텅 비어 있는 맨 뒷자리 구석에 앉았다. 반경 2미터 안엔 아무도 없었다.

'뭐지?'

발 디딜 틈 없던 앞차를 생각하면 신기한 일이었다. 초현실적인 힘이 내 협박에 굴복해서 만들어 낸 기적 같았다. 미지의 택시 기사가 피폭될까 봐 나에게 이런 기적을 베풀었다면, 신은 차별이 심한 존재인 게 분명했다. 어떤 사람은 아주 잠깐 소량의 방사선에 노출될까 봐 전전긍긍하면서 나 같은 여자 인간에게는……, 입원 한번 시켜 주지 않고 4년을 아프게 했으니까. 게다가 이 더운 날 무거운 가방을 메고 사기, 상해, 인질, 그리고 피폭처럼 무시무시한 말과 좌충우돌하게 만들었으니까.

그다음 정류장은 병원 후문이었다. 몇몇이 내리고 몇몇이 탔다. 그래도 내 반경 2미터 안에는 아무도 없었다. 나는 유리창 밖을 내다보았다. 병원 주차장 출구에서 줄지어 나오는 차가 보였다. 지금 나에게 필요한 건 운전면허와 자가용이었다. 그 두 가지가 있다면 신과 미지의 택시 기사를 놓고 인질 협상을 할 일도 없었을 것이다. 병원 주차장에 자가용을 세워 놓을 수 있는 어른들이 부러웠다. 내 운명이 언젠가 그레이브스 씨를 맞이할 수밖에 없는 것이라면, 신은 최대한 늦게 보내 줬어야 했다. 하다못해 10년이라도.

주차장에 세워 놓은 자가용에 올라탄 순간, 모두와 2미터를 벌려야 한다는 압박에서 벗어난 10년 후의 나를 상상했다. 자가용이 있다면 어깨가 빠질 것처럼 무거운 가방을 멜 필요도 없을 것이다. 에어컨을 켜고 유유히 병원을 빠져나와 도로를 달리다가……, 상상은 거기서 멈췄다. 스물여덟 살이 되어도 내가 갈 곳은 할머니 집뿐일지도 모른다는 예감이 들었다. 그땐 할머니가 돌아가셔서 그마저도 어려울지 몰랐다. C대를 나와도 정규직 취업이 어려운 세상에서, 나 같은 애가 스물여덟 살에 자가용을 타고 독립한 집으로 돌아가는 꿈을 꾸다니……, 아찔한 각성이 마음을 서늘하게 뚫고 지나갔다.

정음아, 괜찮아? 왜 아직 안 와

엄마 카톡이었다.

더 자지 왜 일어났어

너 점심 해 줘야지

　　엄마는 아직 양치질을 하지 않았나 보다. 그랬으면 내 칫솔이 없다
는 걸 발견했을 것이다. 아직 무요오드 간장으로 반찬을 만들지도 않
은 듯했다. 그랬으면 갑자기 간장이 줄어든 걸 이상하게 생각했을 것
이다.

　　　　　　　　　　　　　　　　친구가 먹을 걸 싸 왔어

　　　　　　　　　　　　　　2미터 떨어져서 먹었어

　　　　　　　　　　걔가 망봐 줘서 병원 정자에서 쉬고

　　고마워라. 걔들은 평생 친구로 삼아야겠다
　　어떻게 저요오드 도시락을 쌌다니, 어린 나이에

　　엄마는 H와 S가 점심을 싸 왔다고 생각할 것이다.

　　　　　　　　얼른 다시 자. 집에 가서 깨울게

　　　　　　　　도시락 많이 먹어서 배불러

그래. 콜밴 불러서 타고 와

　　　　　　　　응. 친구들이랑 얘기 좀 더 하고

　점심 먹었니? 어지럽지 않아? H와 S가 보낸 공허한 질문과 이모티콘이 자꾸만 화면을 가렸다. 나는 단톡방에 들어가 공허한 이모티콘 하나를 남겼다. 그러고는 알림 버튼을 껐다. 친구를 연기하기에는 지친 여름 한낮이었다.

　일행으로 보이는 젊은 여자 둘이 버스 뒤쪽으로 다가왔다. 그러고는 내 바로 앞, 2인용 좌석에 나란히 앉았다. 나는 눈을 질끈 감았다.

　'금방 일어날 거야.'

　그렇게 스스로를 위안했다. 슬그머니 몸을 뒤로 바짝 붙였다.

　"아 시원하다. 오래 갈 거니까 좀 자자."

　오른쪽에 앉은 여자가 말했다. 어쩌면 그들 중 누군가의 배 속에서는 아기가 무럭무럭 자라고 있을지도 몰랐다. 입이 바짝 타들어 가는 것 같았다. 나는 우산과 빈 주스병을 가방에 집어넣었다. 그러고는 반대편 끝으로 자리를 옮겼다. 가슴이 뛰었다.

'이젠 내릴 때까지 반경 2미터 안으로 알아서 접근 금지 시켜 주세요. 안 그러면 내려서 택시 탑니다.'

나는 또 미지의 택시 기사를 인질로 잡았다.

'인질은 아무것도 모르고 움직이겠죠. 다시 말씀드리는데, 차가 밀리면 저와 오래 가까이 밀폐된 공간에 있어야 할 겁니다.'

신이 사태를 가볍게 생각할까 봐 구체적으로 설명했다. 주머니 속에서 핸드폰이 계속 울렸다. 엄마가 보내는 카톡 같았다. 인질을 잡고 있는 긴박한 상황에서 엄마에게 답장할 수는 없었다. 나는 신경을 곤두세우고 버스에 올라타는 사람들을 향해 최선을 다해 험한 표정을 지었다. 30대로 보이는 남자 하나가 내 앞자리에 와서 앉았다. 좌석 높이 차이 때문에, 나는 그의 정수리를 코앞에서 관찰하게 되었다.

"후우."

인애 말처럼 선우는 내 첫사랑이었는지도 모르겠다. 지금 이 순간, 탈모로 고민이 많을 것 같은 앞자리 남자가 애잔한 걸 보면. 그의 두

피 전체에 머리카락이 충분히 분포하기만 했어도, 2미터를 벌려 주지 않고 좀 더 버틸 수 있을 것 같았다.

'지금 선우를 인질로 잡고 저랑 맞짱 뜨시나요?'

신은 자꾸 나를 시험에 들게 했다. 아니면 이 모든 게 초현실적 힘이 일으킨 기적이 아닌, 우연이거나.

가방을 메고 버스 앞쪽으로 갔다. 가방 속에서 인애네 낡은 플라스틱 통에 든 포크가 달그락댔다. 앞자리와 뒷자리가 비어 있는 1인용 좌석에 앉았다. '노약자석'으로 지정된 자리였다. 노(老)자는 아니지만 나는 약(弱)자였다. 갑상선 호르몬이 너무 많은 병으로 4년을 보내고, 이제 갑상선 호르몬이 너무 적은 병을 기다리고 있는 이정음 환자분.

'일곱, 여덟, 아홉.'

아홉 정거장만 더 가면, 마을버스로 환승하는 곳이다. 외곽으로 갈수록 타는 사람보다 내리는 사람이 많아졌다.

1시 12분. 방사성 요오드를 삼킨 지 곧 네 시간이 되어 간다. 방광이 적정 용량을 넘어섰다는 느낌이 조금씩 강해졌다. 나는 지금 오줌을 누기에 복잡한 상황이었다. 내 오줌과 땀에서 나올 방사성 물질 때문이다.

화장실을 사용한 전후로 비누로 손을 씻고 여러 번 물로 헹구십시오.
변기는 깨끗하게 사용하며 사용 후 2~3번 물을 흘려 버리십시오.

안내문은 읽고 또 읽어서, 외울 지경이었다. 〈방사성 요오드 치료에 관한 환자 안내문〉을 가지고 모의고사를 본다면, 1등급을 받을 수 있을 것 같았다.

'내가 앉았던 변기에 임신부나 어린아이가 앉는다면?'

괴로운 가정이었다. 나는 핸드폰으로 다시 한번 길 검색을 했다. 할머니 집 근처 정류장까지 예상 시간은 29분. 잘하면 할머니 집까지 오줌을 참고 갈 수 있을 것 같았다. 핸드폰 화면에서 고개를 들어 보니, 내 바로 앞에 대여섯 살쯤 되어 보이는 아이가 앉아 있었다. 아이 아빠는 좌석 손잡이를 두 손으로 잡고 서 있었다. 아이에게 울타리를 만들어 주려고 일부러 서 있는 것 같았다.

"휴우."

그 자리에 더 있을 수가 없었다. 나는 서둘러 건너편 노약자석으로 옮겨 앉았다.

"이봐, 학생!"

기사가 거울을 보며 외쳤다.

'누가 돈을 안 냈나?'

나는 뒤로 고개를 돌려 보았다.

"이봐, 학생! 어른이 부르는데 왜 고개를 뒤로 돌려!"

기사가 더 크게 외쳤다.

"저요?"

내가 물었다.

"그래, 학생. 멀쩡한 사람이 왜 노약자석에 앉는 거야!"

"……."

나는 멀쩡하지 않았다.

"거참, 멀쩡한 학생이 말이야, 햇볕 피해서 계속 그렇게 자리를 옮기면 어떡해? 커브 트는데 막 움직이고. 신경 쓰여서 운전을 못 하겠네. 지금 정차했으니까 저기 뒷자리 노약자석 아닌 데로 가. 한번만 더 움직이면 사고 나도 책임 못 져."

나는 자리에서 일어나 뒤쪽으로 몸을 돌렸다. 차 안의 시선이 내 얼굴로 쏟아졌다. 고개를 떨구고 싶었다. 떨굴 수가 없었다. 모두와 떨어져 앉을 수 있는 빈자리를 찾아야 하니까. 모두와 2미터, 아니 1미터라도 벌릴 수 있는 곳은 하나도 없었다. 나는 하는 수 없이 뒷문 앞, 할아버지 혼자 앉은 곳으로 갔다.

라디오에서 들은 감옥 얘기가 떠올랐다. 간첩으로 억울하게 몰려 청춘을 감옥에서 보낸 분이 쓴 글에 나오는 이야기였다. 감옥의 겨울은 혹독하게 춥다. 하지만 겨울보다 여름을 나는 게 더 어렵다고 한다. 겨울엔 옆 사람의 온기가 힘이 되지만 여름 더위에 바짝 붙어 자게 되면, 옆에 있는 사람을 증오하게 되기 때문이다.

나는 핸드폰 인터넷 창을 열고 검색어를 입력했다.

감옥 1인당 면적

우리나라 죄수 1인당 면적은 0.78평도 안 된다고 했다. 전용면적 10.2평인 우리 집의 7.8퍼센트 정도였다. 지금 옆자리 할아버지와 나처럼, 어떤 공간에 끼워진 기분으로 매일 잠을 자야 하는 것이다.

나는 지금 감옥에 갇힌 것 같다. 다닥다닥 붙어 있어 괴로운 감옥.

할아버지가 어서 내리기를 바랐다. 하지만 할아버지는 다리와 어깨를 오므리고 창 쪽으로 바투 붙어 앉아 있었다. 꼼짝하지 않은 채 물끄러미 창밖을 보고 있었다. 부끄러움이 많은 분 같았다. 할아버지는 내가 버스에서 내릴 때까지 그 자리에 그렇게 있었다.

'죄송해요. 그래도 할아버지는 임신은 안 할 거니까.'

눈물이 핑 돌았다.

7
잘 가요. 그동안 고맙진 않았지만

　02번 마을버스는 저만치 앞에 서서 승객을 기다리고 있었다. 하지만 나는 그리로 가지 못하고 정류장 앞 상가로 서둘러 들어갔다. 도저히 참을 수 없는 문제, 오줌 때문이었다. 상가 1층 화장실은 다행히 문이 열려 있었다. 빈칸도 있었다.

　"허어."

　들어가고 싶지 않았다. 변기 커버엔 누적된 똥물 자국이 말라붙어 있었다. 다른 화장실을 찾고 싶었지만, 금방이라도 오줌을 쌀 것 같았다. 나는 엉덩이를 변기에 대지 않고 엉거주춤하게 서서 눴다. 오줌을 다 눌 때까지 살이 변기에 닿지 않는 신공을 보여 주었다. 옷을 올리고 물을 내리려고 돌아선 순간, 내가 얼마나 멍청한 짓을 했는지 깨달았다. 내 오줌이 변기 커버에 골고루 떨어져 있었다.

> 남자와 여자 모두 방사성 요오드가 포함된 소변이 튀는 것을 방지하기 위해 앉아서 소변을 보아야 합니다.
> 변기 가장자리를 젖은 휴지로 닦는 것은 다른 사람에게 도달할 수 있는 방사선 피폭의 근원을 제거할 수 있으므로, 가족 화장실이나 공공 화장실 사용 시 잘 지켜져야 합니다.

넘치는 휴지통과 불쾌한 화장실 냄새, 누적된 똥물 자국과 사방으로 튄 내 오줌……. 나는 범죄 현장에서 도망치고 싶었다. 변기 레버를 있는 힘껏 눌렀다.

> 어린아이나 애완동물이 변기에 접근할 가능성이 있는 경우, 변기를 사용하고 나서 물을 두 번 내리는 것이 필요합니다.

나는 다시 한번 변기 레버를 눌렀다. 고개를 돌려 문을 열려는 순간, 문에 붙은 문구가 눈에 들어왔다.

영신상가 화장실은 태권도장을 비롯하여

상가 내 학원에 다니는 어린 학생들이 이용하는 곳입니다.

깨끗하게 사용해 주시길 부탁드립니다.

"후우."

나는 가방에서 물티슈를 꺼냈다. 입으로 숨을 쉬며 화장실 청소를 시작했다. 내가 튀긴 오줌, 남이 튀긴 오줌과 똥물……. 물티슈가 바닥을 드러낼 때까지 모두 닦았다.

멍청한 나에겐 왜 코딱지만 한 양심과 환자 안내문 암기력이 있는지, 안내문의 문구들은 왜 구구단처럼 자동으로 떠오르는 건지 답답하고 화가 났다.

'벌 청소까지 시키고 나니, 속이 시원해요?'

나는 다시 신에게 성질을 냈다. 1초라도 빨리 그 끔찍한 화장실에서 나오고 싶었지만, 손을 닦을 물티슈 한 장 남아 있지 않았다. 나는 영신상가 1층 세면대에서 손을 닦았다. 그러고는 구석에 놓인 청소용

바가지에 물을 담아 내가 쓴 비누와 세면대에 물을 뿌렸다.

"학생, 청소 아줌마 대타로 왔어요? 그럼 저 휴지통 좀 비우지."

화장실로 들어온 아줌마가 말했다. 나는 아무런 대꾸를 하지 않았다.

"학생이 청소 알바도 하나."

아줌마는 고개를 갸웃하며 나가 버렸다. 나는 다시 바가지에 물을 담아서 뿌렸다. 물은 거울, 비누, 세면대, 그리고 내 몸으로 튀었다.

02번 마을버스는 아까 그 자리에, 그렇게 서 있었다.

"환승입니다."

교통 카드는 내가 154번에서 내린 뒤 30분이 넘지 않았다는 걸 증명해 주었다. 마치 내가 잠깐 화장실 청소 악몽을 꾸고 돌아온 것 같았다. 옷은 내 몸에서 나온 땀과 청소하다 튄 물로 축축했다. 나에겐 두툼한 뱃살에 찰싹 달라붙은 윗옷을 뗄 기운이 더 이상 남아 있지 않았다.

나는 마을버스 안쪽으로 들어갔다. 아까 버스에서처럼 맨 뒤 구석 자리에 가서 앉았다.

'이젠…… 숱 적은 남…… 젊은 남자가 와도 옮길 자리…… 기운이 없어요.'

나는 떠듬떠듬 신에게 말했다. 그리고 깨달았다. 몸과 마음이 너무 지치면, 마음속 말도 더듬게 된다는 걸. 바지 주머니에 든 핸드폰에서 진동이 느껴졌다. 아빠였다.

집에 도착했니? 대문은 낮에 늘 열려 있다.
아래층에 세 들어 사는 사람들이 있어서.
생수는 부엌 냉장고 옆에 있다.
찬물은 건강에 좋지 않아서, 냉장고에는 넣지 않았다.
병원에서 알려 준 식단을 잘 지켜서 치료에 반드시 성공하길.

"훗."
어이가 없었다.
'아빠가 뭐라고 찬물을 먹어라 말아라 하는데?'
답장을 하고 싶지 않았다. 아빠는 나에게 잔소리할 권리가 없었다. 잔소리에 말대꾸하는 사춘기 자식 노릇을 절대로 해 주지 않을 것이다. '반드시 성공'이라는 말도 몹시 불편했다. 병원에서 시키는 대로 해도 '반드시 성공'할 수 없는 게, 지금까지 내 병의 패턴이었다.

'반드시 성공 같은 문자 보내지 마. 완치, 깨끗이 나아라, 반드시 성공 그딴 말 지긋지긋해.'

아빠에겐 간단한 답장도 하지 않았다.

병원 홈페이지에 올라온 추천 식단은 이런 것이었다. 달걀흰자 육개장, 샐러리 마늘 볶음, 닭다리 순살 고추장 구이, 버섯 소불고기, 도라지 생채, 잣 물김치……. 모두 무요오드 소금, 간장, 고추장, 된장을 사서 조리해야 하는 반찬이었다. 아빠는 4년 전 불쑥 나타나 "병원에 가 봐."라고 말했을 때처럼, 아니 그때보다 더 무책임했다.

할머니 방 써. 돌침대에서 자라고 하신다.
텔레비전 옆에 에어컨 리모컨 있다.

답장 없는 나에게 아빠는 계속 문자를 보냈다. 돌침대와 안방 에어컨이 따로 있는 집. 아빠는 그런 곳에서 잘 살고 있었다. 밥이 없으면 떡을 먹으면 되지 않느냐는, 세상 물정 모르는 멍청한 왕처럼.

마을버스는 금세 인적이 드문 2차선 도로로 접어들었다. 몇 분 만에 할머니 집 근처 정류장에 도착했다. 편의점에서 생수 한 병을 샀다. 아까 C대 입구에서처럼 물티슈로 손을 닦고 싶었지만 한 장도 남아 있지 않았다.

나는 천천히 생수를 마시며 할머니 집으로 걸었다. 생각보다 낯설지 않았다. 열 살 때쯤 와 본 기억 덕분은 아니었다. 구글 사진에서 여러 번 찾아본 골목 모습이 그대로 펼쳐져 있었기 때문이다. 하지만 막상 할머니 집은 낯설게 느껴졌다. 목련과 감나무는 더 커서 웅장해 보였고, 집은 더 낡고 작아 보였다.

대문은 살짝 열려 있었다. 1층에 세 들어 사는 사람이 열어 놓은 창문으로 텔레비전 소리가 들렸다. 1층 사람과 마주칠까 봐 서둘러 2층으로 가는 계단을 올랐다. 아빠가 문자로 보내 준 비밀번호를 누르고 들어갔다. 현관에 걸터앉았다. 나는 가방을 벗어 던졌다. 신발을 벗지 않은 채 그대로 누웠다. 할머니 집 거실의 높은 천장과 나무 무늬는, 열 살 때 누워서 보았던 그대로였다.

"끝났다."

드디어 누군가와 2미터를 벌려야 하는 감옥에서 풀려난 것이다. 이제 내가 삼킨 방사성 요오드가 피폭시킬 수 있는 사람은 나밖에 없었다.

할머니 집 거실은 소파가 놓인 자리까지 예전 그대로였다. 정우와 내가 올라가 놀던 가죽 소파 등받이 윗부분은 거죽이 허옇게 벗겨져 마른 논처럼 갈라져 있었다. 오래된 에어컨과 피아노, 액자와 벽시계까지 고스란히 낡아 있었다. '돌침대와 안방 에어컨까지 따로 있는 집'에서 뒤틀렸던 마음이 조금은 가라앉았다. 나는 신발을 벗고 다시 누웠다. 눈을 감았다. 눈물이 났다.

'안도의 눈물인가?'

내가 왜 우는지 궁금했다. 눈물에도 방사성 물질이 섞여 있을 거란 생각이 들었지만, 닦지 않고 내버려 두었다. 오늘 아침 집을 나설 때부터 있었던 일들이 머릿속을 스치다, 인애를 만난 순간에서 멈췄다. 다시 생각해도 믿기지 않았다. 인애가 병원을 찾아왔다는 게. 아무리 되짚어 봐도 나는 인애에게 잘해 준 게 없었다. 인애만이 아니다. 다른 이들을 도우며 살지 못했다. 피해를 주지 않으려고 조심했을 뿐.

나는 눈물을 훔치고 주머니에서 핸드폰을 꺼냈다. 엄마는 다시 잠이 들었는지, 부재중 전화는 와 있지 않았다. 나는 인애에게 문자를 보냈다. 인애가 답장을 할 수 없다고 생각하니 마음 편하게 하고 싶은 말을 쓸 수 있었다.

> 인애야, 나 할머니 집에 잘 도착했어
> 세상이라는 감옥에서 풀려나
> 할머니 집이라는 자유에 갇힌 것 같아
> 나는 너한테 그런 도움을 받을 자격이 없는데……
> 네가 좋은 사람이라서 나한테 와 준 거야
> 고마워

나는 소파에서 일어나 화장실로 들어갔다. 깨진 타일을 군데군데 때운 흔적이 있었다. 타일이 깨진 것 말고는 예전 그대로인 것 같았다. 나는 욕실 장을 열어 보았다. 깨끗이 빨아 둥글게 만 수건이 가득 들어 있었다. 아빠 솜씨였다. 아빠는 예전에도 그랬다. 수건을 접지 않고, 돌돌 말아서 장에 넣었다.

화장실에서 나와 비스듬히 문이 열려 있는 아빠 방으로 갔다. 책장에는 요리책과 만화책이 가지런히 꽂혀 있었다. 고혈압이나 골다공증에 대한 책도 있었다. 아저씨들이 재취업을 하려고 기웃거리는, 자격증 교재는 한 권도 없었다. 할머니 간병인 겸 전업주부로 사는 데 몰두해 있는 것 같았다.

"휴우."

방을 보고 나니 아빠가 더 한심했다. 그런 아빠에게 도움을 받아 가출한 상태인 나도. 아빠 방에 더 있고 싶지 않았다. 다시 거실을 가로질러 안방으로 갔다. 안방도 이 집의 다른 공간처럼 깔끔했다. 돌침대 위에 놓인 이부자리는 잘 정돈되어 있었다. 우리가 13평 임대 아파트에서 힘들게 살아가는 동안, 할머니는 이 넓은 방 돌침대에 누워 에어컨을 켜고 잘 지냈을 것이다.

나는 좌식 화장대 앞에 앉아 서랍을 열었다. 실핀을 가지런히 모아 놓은 통, 십 원짜리 동전을 모아 놓은 납작한 병, 귀퉁이가 허옇게 닳은 조그만 수첩…… 오래전 할머니 몰래 들어와 서랍을 열어 보던 기억이 났다. 핸드폰이 울렸다. 아빠였다. 몰래 나쁜 짓을 하다 들킨 것처럼 가슴이 철렁했다.

"정음이니."

"응."

"집에 들어왔니?"

"응."

"저기, 할머니 바꿀게."

나는 엉겁결에 할머니와 통화를 하게 되었다.

"정음아, 아이구 내 새끼."

할머니 목소리는 쩌렁쩌렁했다.

"아들이 아비 노릇을 못 하니 너희 볼 낯이 없어, 할미 노릇도 못 하고 살았다."

나는 가만히 할머니 돌침대로 가서 앉았다. 할머니는 '할미 노릇'을 못 하지 않았다. 겨울이 되면 김장을 해서 고모 편에 보냈다. 엄마에게 보내는 돈 봉투도 들어 있었다. 고모는 할머니에게 남은 재산은 집뿐이라서, 집을 나라에 맡기고 매달 연금을 받아서 살아간다고 전해 주었다. 엄마는 할머니가 준 돈을 우리 교복이나 옷을 사는 데 썼다.

"정음아, 노인네는 낙상하면 얼마 못 가 죽는다. 나는 곧 죽을 거야. 그러니까 방사능 그딴 거 상관없다. 할머니 병원으로 오거라. 우리 정음이 안아 보게."

"……"

나는 살아 있는 모든 존재와 2미터를 벌려야 한다고 생각했다. 안는다는 건……, 둘 사이 거리가 사라지는 것이었다. 살아 있는 누군가가 피폭 따위 상관없다고, 내게로 와서 안기라고 하고 있었다.

"엄마, 안 돼. 여기 병실에 엄마 혼자 있어?"

전화기 밖으로 아빠 목소리가 들렸다.

"에구, 네 아비가 안 된단다. 아비가 다 말아먹어서 독방을 못 쓴다. 6인실이라 잠을 제대로 못 자."

"예."

나는 조그맣게 대답했다.

"정음아, 돌침대에서 자 보고 좋으면 그거 너 가져. 너한테 물려줄건 그것뿐이구나."

한숨이 나왔다. 우리 집엔 돌침대가 들어갈 자리가 없다. 엄마와 내가 요를 펴고 눕는 자리는, 우리 가족이 밥을 먹는 자리이기도 했다. 고모가 우리 집이 얼마나 좁은지 전하지 않은 것 같았다. 아니면 넓은 집에서 살아온 할머니가 13평에서 세 식구가 산다는 게 어떤 건지 감을 잡지 못하거나.

"정음아, 할미는 곧 죽을 거니 방사능 막 묻혀도 된다. 할미 침대에서 할미 베개 베고 이불 덮고 편히 쉬어."

"……."

"내 새끼, 아픈 몸으로 사느라고 얼마나 고생이 많으냐? 아무도 모른다. 아파 보기 전에는 몰라."

할머니의 거친 숨소리가 들렸다. 가슴이 쿵 내려앉았다. 그러고는 멍해졌다. 엉덩이뼈가 부서진 채 누워서, 6인실의 소음을 견디며 죽음을 기다리는 할머니. 그 할머니가 단단히 잠겼던 빗장을 열고 내 마음속으로 저벅저벅 걸어 들어왔다.

"정음아."

아빠 목소리가 크게 들렸다. 할머니에게서 핸드폰을 뺏은 것 같았다.

"정음아. 이따가 할머니 저녁 식사 챙겨 드리고, 7시쯤 집에 갈게. 할머니가 편찮으셔서 어이없는 소릴 하신 거야. 이만 전화 끊는다."

"······."

할머니는 어이없지 않았다. 나는 땀 묻은 손으로 할머니 서랍을 다시 열지 않았다. 갈아입을 옷을 가방에서 꺼내 들고 화장실로 들어갔다. 땀에 전 옷을 벗고 샤워를 했다.

"아아아아!"

샤워기를 입에 대고 소리를 질렀다. 그리고 삶과 죽음은, 몇 미터쯤 떨어져 있는 것인가 생각했다. 지구와 태양만큼 아득히 먼 것 같기도 하고, 사람과 사람이 꼭 껴안을 때처럼 가까운 것 같기도 했다.

나는 할머니 화장대에 앉아, 할머니 선풍기로 머리카락을 말렸다. 에어컨을 켜고 돌침대에 살그머니 누웠다. 창문 앞 나무에 매달린 푸른 모과가 보였다.

'할머니가 여기 누워, 다시 저 나무를 볼 수 있을까?'

가슴을 치고 들어온 할머니 덕분에, 나는 잠시 피폭을 잊었다.

밥은 갓 지은 걸 먹어야 할 것 같아서 해 놓지 않았다.

김치냉장고 오른쪽 칸에 쌀 있어.

아빠 문자였다. 한숨이 나왔다. 내가 먹을 수 있는 거라곤, 무요오드 간장에 달걀흰자를 넣고 비빈 밥뿐이라고 답장을 해야 할 것 같았다. 아빠 부엌에서 내가 먹을 수 있는 건 달걀흰자와 참기름뿐이라고. 어쩌면 달걀과 참기름조차 없을지도 몰랐다.

나는 가방에서 간장병을 꺼냈다. 내가 먹을 수 있는 초라한 몇 가지를 사진 찍어서 보내 버릴 작정이었다. 나는 벌떡 일어나 부엌으로 갔다. 냉장고를 열었다. 냉장고 속은 마치 '살림의 여왕'에 나오는 주부의 것처럼 잘 정돈되어 있었다. 차곡차곡 쌓인 유리 밀폐 용기엔 문을 열면 바로 볼 수 있게 라벨이 붙어 있었다.

정음 물김치, 정음 샐러리 마늘 볶음, 정음 닭다리 순살 고추장 구이, 정음 도라지 생채, 정음 버섯 소불고기, 정음 애호박나물, 정음 된장국, 정음 닭볶음탕, 정음 양상추 샐러드, 정음 들깨탕.

"아아."

나는 반찬을 하나하나 꺼내 식탁에 놓았다. 반찬 뒤쪽에는 무요오드 된장과 고추장 통이 들어 있었다.

남은 양념은 집에 가져가서 먹어.

가스레인지 아래쪽 양념 모아 놓은 곳에

무요오드 간장도 있다.

물김치 용기 위에 붙은 포스트잇 내용이었다. 나는 된장과 고추장을 꺼내 식탁에 올려놓았다. 무요오드 간장도 찾아서 올려놓았다. 식탁 한구석에는 군데군데 양념이 묻은 종이가 있었다. C대학 병원 홈페이지에 들어가면 출력할 수 있는, 내가 가진 〈방사성 요오드 치료에 관한 환자 안내문〉과 〈방사성 요오드 치료 환자를 위한 추천 식단〉이었다.

"이깟 걸로 그동안 잘못한 거 퉁치자고?"

화가 치밀었다. 아빠가 정성껏 만든 반찬에 온기를 느끼는 내 마음을 견딜 수 없었다. 나는 쌀을 꺼내 박박 씻었다. 쌀뜨물과 함께 떠내려가는 쌀 수십 톨을 내버려 두었다. 밥솥에 쌀을 안치고 식탁 의자에 앉았다. 멍하니 밥솥에 달린 계기판 불빛을 바라보았다. 29, 28, 27, 26, 25…… 숫자가 줄어들수록 마음이 조금씩 차분해졌다. 나는 손을 올려 비대해진 갑상선 위를 감쌌다. 어쩌면 귀퉁이부터 아주 조금씩 연기처럼 사라지고 있을 조직을 상상했다. 문득, 떠나는 그레이브스 씨를 애도하고 싶어졌다.

　나는 무요오드 간장, 된장, 고추장을 제자리에 넣었다. 식탁 한쪽 구석에 있는 약병과 종이를 바닥에 내려놓았다. 행주로 식탁을 닦았다. 내 이름이 붙은 반찬 통을 냉장고에서 모두 꺼냈다. 그러고는 조금씩 접시에 덜어 놓았다. 국을 데워 국그릇에 담았다. 반찬은 모두 열 가지였다. 갓 지은 밥을 퍼서 국그릇 옆에 놓았다. 그러고는 숟가락을 밥에 수직으로 꽂고 눈을 감았다.

　"그레이브스 씨, 잘 가요. 그동안 고맙진 않았지만…… 정은 많이 들었어요."

　통통한 아주머니 모습을 한 그레이브스 씨가 환하게 웃으며 나에게서 조금씩 멀어지는 장면을 상상하다가 눈을 떴다. 젓가락을 들어서 나물을 집으려다 멈칫했다. 이걸 먹으면 내가 마음을 받아 주었다고 아빠가 착각할지도 몰랐다. 나는 아빠 마음이 편해지는 게 싫었다. 반찬을 다시 통에 담고, 손도 대지 않은 것처럼 만들어 놓고 싶은 오기가 생겼다. 다른 한편에선 또 다른 오기가 생겼다.

　'할머니가 준 돈으로 만든 거잖아. 할머니 마음은 받아야지.'

　'아빠 마음을 받는 게 아니야. 나는 그레이브스 씨 상주니까, 그레

이브스 씨 제사 음식을 먹어야지.'

나는 숟가락을 뽑았다. 물김치를 떠서 입에 넣었다. 무와 미나리를 천천히 씹었다. 맛이 괜찮았다. 닭다리를 쥐고 조금 뜯어 먹었다. 그럭저럭 먹을 만했다. 나는 의식을 치르듯 천천히 하나하나를 음미하며 밥 한 공기를 비웠다.

'반찬 조금씩만 해 놓고, 돈으로 주지.'

이틀 동안 다 먹을 수 없는 엄청난 반찬과 통에 잔뜩 남은 무요오드 된장, 고추장이 아까웠다. 남은 양념을 집까지 가지고 가려면 어깨가 빠질 듯 아플 것이다. 아빠가 준 선물은 너무 무겁고 쓸모없었다. 아빠는 예전부터 그랬다. 유명한 제과점에 가서 우리가 먹을 커다란 케이크를 사 오고, 어린이날엔 최신형 게임기를 사 주었다. 하지만 우리 외투가 작아졌을 때, 갑자기 병원에 입원했을 때는 카드가 정지됐다고 난감한 표정을 지었다.

나는 덜어 놓은 반찬을 남김없이 먹었다. 밥도 남김없이 먹었다. 처음이었다. 열 가지 반찬으로 혼자 제사상을 차린 것, 혼자 4인용 식탁에 앉아 밥을 먹은 것, 아빠가 만든 반찬을 먹은 것 모두.

나는 설거지를 하고 할머니 침대에 누웠다. 영어 문제집을 꺼내 읽었다. 머리에 잘 들어오지 않았다. 잠이 쏟아졌다.

　할머니가 저녁 먹기 전에
　너 보고 오라고 하신다.
　10분이면 간다.

　아빠 문자였다. 나는 침대에서 몸을 일으켜 할머니 화장대 거울 앞
에 섰다.
　'2미터.'
　머릿속에 제일 먼저 떠오른 단어였다.
　'보고 싶었다고 확 달려가 안겨 버릴까?'
　아픈 몸으로 산 4년 동안 한번도 병원비를 내주지 않은, 양육비도
용돈도 주지 않은 아빠……. 피폭시키고 싶었다. 하지만 그 상상은 조
금도 짜릿하지 않았다. 아빠는 너무 낯선 사람이 되어 있어서, 달려
가 안기는 연기를 하기도 어려웠다. 그리고 두려웠다. 아빠가 스스로
를 보호하려고 나를 확 떠밀어 버릴까 봐. 아빠가 현관문을 살그머니
열고 들어와 내게서 2미터 이상 떨어지려고 애쓰는 상황을 상상했다.

서글펐다. H나 S가 멀어졌을 때보다 나 자신이 더욱 초라하게 느껴질 것 같았다.

대문 열리는 소리가 들렸다. 계단을 오르는 발소리가 점점 가까워 졌다. 나는 안방 문을 열고 거실로 나갔다. 현관에서 가장 먼, 소파 앞에 섰다. 현관 비밀번호 누르는 소리가 들렸다. 현관문이 열리고 아 빠가 들어왔다.

"아빠, 나한테서 2미터 떨어져!"

나는 큰 소리로 또박또박 말했다. 아빠가 그 자리에 붙박인 듯 섰 다. 나는 4미터쯤 떨어진 곳에서 아빠를 보았다.

"정음아."

아빠가 신발을 벗고 거실로 올라왔다.

"정음아, 너 괜찮니?"

아빠가 슬금슬금 내가 있는 쪽으로 다가왔다.

"2미터 떨어지라니까!"

"왜?"

"나한테서 방사선 나오는 거 몰라? 저 음식 다 해 놨으면 그것도 알 거 아냐."

"괜찮아."

"뭐가?"

"괜찮아. 나는 더 망가질 게 없어."

아빠는 내 코앞까지 다가왔다. 가까이서 본 아빠 얼굴엔 주름이
가득했다. 아빠는 이 집처럼, 고스란히 늙어 가고 있었다.

에필로그

2미터는 200센티미터다. 내 필통에 든 18센티미터 자의 실제 길이는 19센티미터, 그걸 열 개 나란히 놓고 10센티미터를 더 벌리면 2미터가 된다. 아빠가 내 코앞으로 다가왔을 때, 내 몸 끝과 아빠 몸 끝은 18센티미터 자만큼 떨어져 있었다. 버스 옆자리에 앉아 있었던 할아버지보다 아주 조금 더 가까웠다.

나는 게걸음으로 아빠 옆에서 벗어나 소파에 앉았다. 나는 앉은 채, 아빠는 선 채로 한참을 말없이 있었다.

"나랑 같이 있는 게 불편하니?"

아빠가 먼저 입을 열었다. 나는 고개를 끄덕였다. 아빠는 곧 집에서 나갔다. 그게 끝이었다. 그 집에서 보낸 시간 동안 누군가와 함께 있었던 건.

엄마는 오후 5시쯤 내 가출 사실을 알게 되었다. 가출 장소도. 자기 집에서 밥 잘 먹고 있을 테니 걱정하지 말라고 엄마한테 연락을 한 사람은 아빠였다. 엄마가 결근하고 나를 잡으러 올까 봐 두려웠다. 핸드폰 너머로 화를 꾹 참고 있는 엄마 얼굴이 그려졌다.

"너 왜 거기 있어?"

"……."

"밥은 먹었어?"

"응. 아빠가 저요오드 반찬 해 놓고 기다렸더라고."

"아빠 밥 먹으니 좋아?"

"뭘……. 혼자 있으니까 좋아. 편하고."

"허……."

"엄마, 미안."

"할머니 집이니까 참는다. 좋은 분이야. 아들 잘못 키운 거 빼곤. 48시간 되면 바로 나와."

"알았어."

"너 스트레스 받을까 봐 참는다. 깨끗하게 낫기만 해 봐. 뒤지게 혼날 줄 알아."

뒤지게 혼나고 싶었다. 깨끗하게 나아서. 하지만 그럴 일은 없을 것이다. 기적처럼 약을 먹지 않고 살 수 있는 날이 오더라도, 아프기 전의 눈과 완전히 똑같아질 수는 없을 테니까.

고마우면 컵라면 한번 더 사
그땐 편의점에 나란히 앉아서 먹자

인애에게서 늦은 답장이 왔다. 나는 조금 행복했다. 깨끗하게 낫는 날은 오지 않더라도, 인애와 나란히 앉아 컵라면을 먹는 날은 꼭 올 거 같아서.

작가의 말

1997년 봄, 나는 새내기 직장인이었다. 갑자기 살이 빠지고 가만히 있어도 쉽게 숨이 찼다. 직장 생활이 힘들어서 그런 거라 짐작했다. 그레이브스병 때문에 그랬다는 건, 퇴근길에 쓰러진 다음에야 알게 되었다.

직장을 그만두고 입원했다. 누워서 달리 할 수 있는 게 없었다. 책을 읽었다. 읽는 게 지루해지면 글을 썼다. 그렇게 시작된 글쓰기가 나를 여기까지 데려왔다.

"아프지 않았으면 작가가 되지 않았을 거야."

오랜 세월을 함께한 사람들이 말한다. 그렇다.

"신이 너를 작가로 만들려고 그런 병을 준 거야."

가끔 이렇게 말하는 사람이 있다. 수긍할 수 없다. 타인의 고통을 단정적으로 해석하는 게 싫다. 병 덕분에 다른 눈으로 세상과 나의 내면을 볼 수 있었지만, 아프지 않았다면 더 좋았을 거다.

그해 봄부터 21년째 나는 내분비내과 환자다. 처음 5년은 갑상선 호르몬을 억제하는 약을 타러 다녔고, 방사성 요오드 치료를 받은 다음부터는 모자란 호르몬을 보충하는 약을 받으러 간다. 진료 대기실에서 눈이 앞으로 나온 동병(同病)인을 만나면 마음이 짠해진다. 그 아이를 만난 곳도 거기였다. 교복을 입고 진료실 앞에 앉아 있던, 나의 동병인.

말 한마디 나눠 본 적 없지만, 청소년기에 그 병과 함께 사느라 겪는 어려움을 상상할 수는 있었다. 그 아이 얘기를 쓰고 싶었다. '2미터'란 제목의 파일을 만들어 두고 쓰고 지우기를 반복했다. 글이 잘 풀리지 않았다. 두려웠다. 나의 경험이 투영되어서 거리두기에 실패할 것만 같았다. 그러던 어느 날 아서 프랭크의 『아픈 몸을 살다』를 읽었다. 깊이 공감했다. 세상은 아픈 사람에게 '병과 싸워 이기라', '완치하라'고 주문한다. 하지만 아픈 사람은 그저 아픈 몸을 살 수 있을 뿐이다. 옮긴이의 말은 특히 인상적이었다. 아래 문장을 본 순간, 용기를 내어 '그 아이' 얘기를 끝까지 쓰기로 결심했다.

병자, 환자, 피해자, 희생자는 가장 멀리 여행한 사람이자 남들이 보지 못한 것을 본 사람, 다른 시각과 경험을 가진 사람이 된다.

- 『아픈 몸을 살다』 254쪽

정음이를 통해 그 아이가 '가장 멀리 여행한' 이야기를 썼다. '그 아이'의 여행기인 동시에 나의 여행기다.

어느 날 뉴스를 보다가 인슐린 주사를 맞지 못한 어린이가 난민선에서 생명을 다했다는 소식을 들었다. 많이 울었다. 씬지로이드 0.1mg. 내가 매일 먹어야 하는 약이다. 나도 씬지로이드 없이 바다에서 한 달을 넘긴다면, 조금씩 고통이 심해지다가 생을 마감할지도 모른다. 평화는 모두를 위해 필요하지만, 약에 기대어 살아가는 약한 이들에게 더욱 필요하다.

지병(持病)은 지병(知病)이다. 원치 않았지만 어느 날 찾아와서 한 순간도 떨어지지 않는다. 생을 마감하는 순간마저 같을 것이니, 어떤 사랑도 그보다 더할 수는 없다. '그 아이'에게서 시작된 이 이야기가 아픈 몸을, 혹은 아픈 마음을 사는 이들에게 작은 위로가 되었으면 좋겠다. 아서 프랭크의 문장을 빌어 이 글을 마무리한다.

우리가 삶 자체를 귀중히 여기지 못한다면 아픈 사람들이 건강할 때 하고 있을 일의 관점에서만 그들을 볼 것이며, 아이들이 어른이 됐을 때 하고 있을 일의 관점에서만 그들을 볼 것이다. 그러나 우연 위에 놓인 이 세계에서 삶은 부서지기 쉬운 한 조각의 행운 같은 것이다. 삶은 그 자체로 귀하다.
- 『아픈 몸을 살다』 202쪽

2018년 9월

유은실

낮은산 17
키큰나무

2미터 그리고 48시간

2018년 9월 10일 처음 찍음 | 2024년 12월 15일 열두 번 찍음

지은이 유은실 | 펴낸곳 도서출판 낮은산 | 펴낸이 정광호 | 편집 조진령 | 디자인 스튜디오, 헤이 덕 | 제작 세걸음
출판 등록 2000년 7월 19일 제10-2015호 | 주소 10881 경기도 파주시 회동길 216, 202호
전화 02-335-7365(편집), 02-335-7362(영업) | 팩스 02-335-7380
홈페이지 www.littlemt.com | 이메일 littlemt2001ch@gmail.com | 인스타그램 @little_mt2001
제판·인쇄·제본 상지사P&B

ⓒ 유은실 2018

ISBN 979-11-5525-109-6 43810